广东青年
批评家
丛书

杨璐临 著

湾区的瞻望

VIEW OF THE BAY AREA

SPM
南方传媒　花城出版社

中国·广州

图书在版编目（ＣＩＰ）数据

湾区的瞻望 / 杨璐临著. -- 广州 ： 花城出版社，
2023.5
（广东青年批评家丛书）
ISBN 978-7-5360-9988-3

Ⅰ．①湾… Ⅱ．①杨… Ⅲ．①中国文学－当代文学－
文学研究 Ⅳ．①I206.7

中国国家版本馆CIP数据核字(2023)第078322号

出 版 人：张　懿
责任编辑：黎　萍　秦翊珊
责任校对：李道学
技术编辑：林佳莹
封面设计：吴丹娜

书　　　名　湾区的瞻望
　　　　　　WANQU DE ZHANWANG
出版发行　花城出版社
　　　　　　（广州市环市东路水荫路 11 号）
经　　销　全国新华书店
印　　刷　广东鹏腾宇文化创新有限公司
　　　　　　（广东省珠海市高新区唐家湾镇科技九路 88 号 10 栋）
开　　本　880 毫米 ×1230 毫米　32 开
印　　张　7.875　1 插页
字　　数　168,000 字
版　　次　2023 年 5 月第 1 版　2023 年 5 月第 1 次印刷
定　　价　48.00 元

如发现印装质量问题，请直接与印刷厂联系调换。
购书热线：020－37604658　37602954
花城出版社网站：http://www.fcph.com.cn

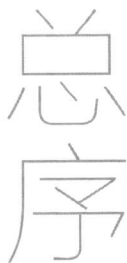

擦亮"湾区批评"的青年品牌

总序

张培忠

习近平总书记在文艺工作座谈会上的重要讲话中指出："文艺批评是文艺创作的一面镜子、一剂良药，是引导创作、多出精品、提高审美、引领风尚的重要力量。"文学批评是文艺批评的重要组成部分，是文学工作的重要一环，是文学发展的重要推动力，具有引导文学创作生产、提高作品质量、提升审美情趣、扩大社会影响等积极作用。溯本追源，"粤派批评"历来是广东文学的一大品牌。晚清时期，黄遵宪、梁启超倡导的"诗界革命""小说界革命"曾经引领时代潮流，对20世纪中国文学批评影响至深。二十世纪二三十年代，钟敬文研究民间文学推动了这一文学门类的发展，是20世纪中国民间文化界的学术巨匠。新中国成立后，萧殷、黄秋耘、楼栖等在全国评论界占有重要地位，饶芃子、黄树森、黄伟宗、谢望新、李钟声、程文超、蒋述卓、林岗、谢有顺、陈剑晖、贺仲明等也建树颇丰，树立了"粤派批评家"的集体形象，也形成了"粤派批评"的独特风格，即坚持批评立场、批评观念，立足本土经验，面向时代和生活，感受文艺风潮脉动，又高度重视

1

审美中的文化积累和文化传承，既追求批评的理论性、科学性和体系建构，注重文学史的梳理阐释，又强调批评的实践性，注重感性与诗性的个性呈现。

新时代以来，广东省作家协会加强和改进文学批评工作，弘扬中华美学精神，进行科学的、全面的文学批评，建设有影响力的文学批评阵地，营造良好的文学批评生态，在全国文学批评领域发出广东强音。10年间，积极组织文学批评家跟踪研究评析当代作家作品及文学思潮和现象，旗帜鲜明地回应当代文学发展的重大理论和实践问题，召开了一百多位作家的作品研讨会。高度重视对老一辈作家文学创作回顾研究与宣传，组织了广东文学名家系列学术研讨会，树立标杆，引领后人。创办了"文学·现场"论坛，定期组织作家、评论家面对面畅谈文学话题，为批评家介入文学现场搭建平台。接棒《网络文学评论》杂志，创办《粤港澳大湾区文学评论》杂志，中国作协主席铁凝同志为《粤港澳大湾区文学评论》题词："祝贺《粤港澳大湾区文学评论》创刊，希望这份杂志在建设大湾区的宏伟实践中，在多元文化的汇流激荡中，以充沛的活力和创造力，成为新时代中国文学理论创新、观念变革的前沿。"联合南方日报社、羊城晚报社等实施了"广东文艺评论提升计划"。推行两届文学批评家"签约制"，聘定我省22位著名文学批评家，着力从整体上打造骨干文学评论队伍，提升"粤派批评"影响力。总的来说，广东文学理论家、文学批评家思想活跃，秉持学术良知，循乎为文正道，在学院批评、理论研究、理论联系社会现实和创作实践方面，在探索文学规律、鼓励新生力量、评论推介广东优秀作家作品方面，在批评错误倾向、形成文学创作的良好氛围方面，均取得显著成绩，为繁荣我省文学事业做出了积极贡献。

2021年，为发现和培养广东优秀青年批评人才，促进广东文学理论评论多出成果、多出人才，推动新时代广东文学评论工作创新发展，广东省作协经公开征集、评审，确定扶持"'广东青年批评家丛书'出版项目"10部作品，具体为杨汤琛《趋光的书写：诗歌、地域与抒情》、徐诗颖《跨界融合：湾区文学的多元审视》、贺江《深圳文学的十二副面孔》、杨璐临《湾区的瞻望》、王金芝《网络文学：媒介、文本和叙事》、包莹《时代的双面——重读革命与文学》、陈劲松《寻美的批评》、朱郁文《在湾区写作——粤港澳文学论丛》、徐威《文学的轻与重》、冯娜《时差和异质时间——当代诗歌观察》。入选者都拥有博士或硕士学位，以扎实的专业素养、开阔的文学视野形成独到的文学品味、合理的价值判断。历经两年，这套"广东青年批评家丛书"如期面世。这批青年批评家从创作主题、作品结构、叙事方式等文学内部问题探讨作品的得失，从中国现当代作家的作品出发，从不同的审美倾向和美学旨趣出发，探讨现当代文学为汉语所积累的新美学经验，坚持以理立论、以理服人，敢于褒优贬劣、激浊扬清，有效展现了"粤派批评"的公正性、权威性、针对性和实效性。

党的二十大报告强调："坚守中华文化立场，提炼展示中华文明的精神标识和文化精髓，加快构建中国话语和中国叙事体系，讲好中国故事、传播好中国声音，展现可信、可爱、可敬的中国形象。"构建中国文学话语和叙事体系是构建中国话语和中国叙事体系的题中应有之义，是新时代文学批评家的新使命新任务。回望西方话语体系主导世界，其实也只是并不久远的事情：在殖民主义时代之前，世界是多元并存、相互孤立的；在殖民主义时期，西方话语逐渐成为世界的主导性话语；在冷战时期，西方话语体现为美苏两大阵营的意识形态竞争；在后冷战时代，以美国为代表的西方话语一度独霸世界。当今世界和西方国家内部面临的一些挑战，包括人口危机、环境危机和文明群体之间的矛盾，都很难在西方话语框架之中找到答案。中国在大国崛起过程中产生的种种现象，仅仅通过西方话语体系也难以解释。这些反映在文学领域同样发人深省。曾几何时，一些人误将西方文学话语和叙事体系奉为圭臬，"以洋为尊""以洋为美""唯洋是从"，丧失了中国文学话语的骨气、底气、志气。伴随着西方话语体系的公信力持续下降，构建客观、公正的中国话语和中国叙事体系恰逢其时，前程远大。

王国维《宋元戏曲考》称"凡一代有一代之文学"。与此相对应，一个时代必然有一个时代的文学批评。在全球化的语境下，迫切需要广大作家增强主动塑造和传播中国形象的自觉意识和行动能力，既要创作精品力作、讲好中国故事，又要传播好中国声音、阐释好中国特色。对文本的创作，更加要强调信息的含量、思想的容量、情感的力量，并对文学话语体系构建的深刻性、独特性、预见性、形象性提出更高要求，在国际舆论场上和文坛上彰显中华文化软实力、中国文学话语权，塑造中华民族和平崛起、伟大复兴的大国风范和大国形象。积极构建中国文学话语和叙事体系，我们就是要在独特的审美创造中形成独特的中国风格、中国流派，不断标注中国文学水平的新高度，让世界文艺百花园还原群芳竞艳的本真景致。

在新时代中国踔厉奋进的新征程中，粤港澳大湾区建设是一道风景线。"9+2"，11城串珠成链，握指成拳，美好愿景正变为生动现实，粤港澳大湾区文学融合发展也不断升温。与此相契合，"粤派批评"正逐步向"湾区批评"升级，以大湾区海纳百川、兼收并蓄的开放姿态，契合湾区的文学地理特质，重视岭南文脉传承，坚持国际眼光和本土意识相融、前瞻视野与务实批评结合，树立湾区批评立场、批评观念，面对中国当代变革中的新鲜经验和大湾区建设伟大实践的复杂经验，善于做出直接反应和艺术判断，注重批评的理论性、科学性和体系完善，突出批评的指导性、实践性、日常性，"湾区批评"在全国的话语权逐步凸显。文学批评是一项充满挑战，也充满着诗性光辉和思想正义的事业，需要更多有志者投身其中，共同发出大湾区文学的强音。从某种意义上说，青年批评家是文学大军中最具锐气、最能创造、最会开拓进取的骨干力量，后生可畏，未来可期。

"广东青年批评家丛书"集结青年批评家接受检阅和评点，对青年批评家研究、评论成果进行宣传和评述，是一次有益的探索。希望这套丛书激发更多青年批评家成长成熟，坚持开展专业权威的文学批评，弘扬中华美学精神，倡导"批评精神"，积极探索构建"湾区批评"的审美体系和评价标准，多出文质兼美的文学批评，发挥价值引导、精神引领、审美启迪作用，不断擦亮"湾区批评"品牌。是为序。

作者系中国报告文学学会副会长、广东省作家协会党组书记

目录

Contents

湾区作家论

日常生活中的深沉和爱意

　　作为一门叙事的艺术，叙述性已成为小说公认的评判标准之一。简言之，一部小说的可读性，往往是其叙述策略的整体反映。有趣的是，在南翔最新出版的短篇小说集《伯爵猫》里，那些所谓的叙事经验、技巧仿佛统统隐退，取而代之的是一种日常生活的密迩亲切，人物、情节在叙述者不动声色的叙述中一笔一笔地晕染开来，直至曲终笔封之际让人抚案长叹、回味无穷。

　　与小说集同名的《伯爵猫》，讲述了深圳一家书店在新冠感染疫情期间行将倒闭，店主娟姐姐邀请铁杆书友一起举行告别晚会的故事。小说以到店维修的电工视角展开叙事。于是，我们看到窄小局促的书店成了书友们寄托情感和记忆的"伊甸园"。在每个人充满深情的回忆和讲述中，温暖和爱意伴随着淡淡的忧伤逐渐蔓延开来。晚会结束时，"伯爵猫"三个字终于重新亮起，仿佛在提醒人们：纵然城市生活变幻无常，理想和情感的烛光却在心灵深处默默点亮，温馨而笃定。那些擦肩而过的匆匆路人，因为心灵的交流，也建立了生命的某种内在联结。小说叙事总体清丽流畅，也不乏悬念，比如门店招牌灯箱是何时修好的，娟姐姐有无恋爱对象，书店因何歇业，伯爵猫何故第一次主动飞身而下，等等，一连串的疑问如涟漪般弥散，成为吸引读者阅读的动力，然而小说直至结尾也未给出答案，书店倒闭成为无可逆转的事实。但这些都无关紧要，真正要紧的是，娟姐姐和书店的曾经存在，以及伯爵猫在黑夜中迸发的灼亮之光，已深深刻印在读者记忆之中。

作为改革开放前沿地的深圳，随着现代化进程的不断深入，每天上演的深圳速度、深圳奇迹不断刷新我们的认知，在外部环境发生巨大变革的同时，人们的生命情状也在悄然地发生改变，相比前者常为世人所觉察和标榜铭记，后者往往被淡化乃至忽视。为此，在纷繁杂芜的现实中洞悉和呈现那些被宏大的现实遮蔽淹没的声音和表情，哪怕是幽微琐碎的存在和变化，已然成为现代小说家创作职责的一部分。在深圳生活了近三十年的南翔，做过记者、教师，进过工厂、干过企业，此前还在宜春当过铁路工人。丰富的人生阅历使他早早地目睹人生百态，更对现代化进程中人们面临的精神压力和困境有着深刻的体验和感悟，其小说创作也往往以城市生活为据点，通过现代人的婚姻、家庭、职场、情感等侧面，展开精神维度的审视与思考。

《伯爵猫》借一个书店的倒闭指向城市人普遍的人文理想和精神危机；《乘三号线往返的少妇》通过少妇在高铁上的一段"艳遇"，揭示单亲妈妈的艰辛孤寂以及对被爱和肯定的渴望；《钟表匠》以一对老男人之间的友谊反映老年人的孤单落寞和对温情的向往；《玄凤》通过一对已婚夫妻领养鹦鹉的经历，展现"丁克"一族生育观念的转变；等等。值得注意的是，小说虽然展示了一定精神向度并牵涉一些社会问题，但绝不同于以暴露和批判为目的的"问题小说"，对此，南翔曾表示，"小说的价值标高，应该牢牢订立在普世的文化尺度上，这样既可避免重蹈文学史上随风转向、紧跟任务、图解政治的覆辙，亦可避免'问题小说'之弊，随着问题的结束或飘移，一些问题小说便索然瓦解，徒具标识意义而尽失文学审美价值"。可见，对于小说的思想立意南翔有着清晰的认识和高度的自觉，而普世的文化尺度则是其一贯的价值追求和风格呈现。

关于普世文化的思想，中国传统文化历来渊源有自，如孟子的"仁者爱人"、孔子的"泛爱众"等。毕业于江西大学中文系，长期从事高校教育工作的南翔，一方面在人文主义思想的浸染下，普世文化的思想根深蒂固。另一方面，与一些养尊处优的学院专家不同，不到17岁的南翔便在南昌铁路局宜春火车站机务段当装卸工，并度过7年的艰辛岁月，生活的磨砺孕育了他仁爱朴实的人生观，也造就了他"我的亲历，然后文学"的创作观。如早期的《绿皮车》《老桂家的鱼》即通过对底层生活的关注书写，展现对底层命运的悯恤和关怀。小说集《伯爵猫》无疑延续并强化了仁爱的思想。如《凡·高和他哥》中桂教授对底层青年画家向南和向北两兄弟无私的帮助提携、《乌鸦》中素不相识的监狱看守对男孩无微不至的关怀照顾等，无不闪耀着人性良善的光芒。即便是《疑心》中锱铢必较的大姨，《伯爵猫》里不修边幅的电工，也有内心温热良善的一面。更毋庸说《曹铁匠的小尖刀》中父亲对儿子深深的爱与思念，《钟表匠》里两个老男人催人泪下的友谊。由此，在爱与善的守望和呼唤下，每一个看似绝缘孤立的个体被重新联结并成为休戚与共的命运共同体，小说也因此在精神的勘探之余洋溢着融融的爱意和温情。正如《凡·高和他哥》里桂老师所言，"一个带着很深感情而非冷冰冰的浮艳的城市之夜"，这是他对底层青年画家向南作品的赞誉和鼓励，也不啻为南翔对这座城市的深情解读。

时代在变迁，人文在延续。这些变迁、延续的背后是芸芸众生的日常生活，更是纵横捭阖、丰盈辽阔的精神和情感世界，它们是人类社会得以瓜瓞绵绵的基础，更是人类文明成就辉煌史诗的重要依托。此前，南翔曾用"三个打通"概括自己的文学创作：历史与现实打通，虚构与非虚构打通，自己的经历与父兄辈的经历打通。从某种意义上说，阅读南翔的小说就是在阅读时代，阅读生活，阅读我们自己。这或许就是个体对于时代、民族的意义，也是南翔小说的独特魅力和价值所在。

永不泯灭的"这情感"

近日，香港著名作家潘耀明先生撰写的非虚构文集《这情感仍会在你心中流动——名家手迹背后的故事》（简称《这情感》）由作家出版社出版，该书一经问世即受到广泛关注，得到广大读者和评论界的推崇和好评。全书共36万字，加上插图、手稿、书画、信札的影印图片等洋洋洒洒454页纸，配以墨绿色的装帧设计，俨然是一座精美厚重的人文知识和精神宝库。翻开细品，其真挚朴实的文人情感、跌宕起伏的文坛逸事、多元开阔的国际视野纷至沓来，仿佛一支古朴悠扬又时尚灵动的曲乐，时而雄浑阔远、感天泣地，时而低回沉郁、婉转哀愁，让人应接不暇、叹为观止，又邈思顾盼、欲罢不能。

真挚丰沛的文人情感

古语有言："诗缘情"（《文赋》），"诗者，志之所之也，在心为志，发言为诗，情动于中而形于言"（《毛诗序》），"缀文者情动而辞发"（《文心雕龙》），可见"情"自古在文学创作中的重要地位和作用。从文学生产机制而言，"情"构成作品的重要来源，是触发作者创作的动力源泉；从文学接受角度而言，"情"又构成作品审美的重要组成部分：正是其中蕴含的真情实感激发读者内心的波澜，引起思想与情感的共鸣。《这情感》以"情"为脉络主线，贯穿连缀76篇散文随笔，聚焦30多位独具性灵气质、极富浪漫情思的中国现当代名家大师，展示了其真挚丰沛的情感世界。

对祖国的忠贞热爱。文中访谈记述的对象不少是共和国成立前即已成名的文学大家，他们受"五四"新思潮的洗礼，在战火纷飞的年代目睹并经历国破家亡、颠沛流离的苦楚和辛酸，有的还参加过爱国救亡运动（如老舍、冰心、俞平伯等），"文革"时期被批判、后复出，参与新世纪中国特色社会主义事业的建设发展。他们历经世事的沧桑巨变、人生的沉浮历练，其间遭受个人的屈辱和伤痛，归来已是古稀之年，却依然怀着对生活的热忱，始终保有对祖国母亲的热爱。正如著名爱国诗人艾青于1938年的成名作《我爱这土地》所言："为什么我的眼里常含泪水？因为我对这土地爱得深沉……"1980年，已届七十的艾青被平反后不久，写给潘耀明的诗句仍豪气干云："若火轮飞旋于沙丘之上，太阳向我滚来。"满怀对中国未来的希冀和信心。还有萧乾晚年担任中央文史研究馆馆长等职务，并在八十岁诞辰还宣称"要弘扬中国文化而跑完人生最后一圈"等，无不让读者为之感佩动容。

对文学的坚守向往。文学创作既有天赋的成分，更离不开后天的勤奋努力，而一代大师的诞生，背后往往是常人难以想象的坚守付出。比如俞平伯、萧乾在文学道路上孜孜以求的感人事迹，堪称典范。俞平伯自小在诗词方面极具天赋，二十出头即完成了著作《红楼梦辨》，后来受到批判仍没有放弃研究，历经70个春秋终成享誉海内外的红学大师，实为广大青年

　　　　　　　　　　　　　　湾区的瞻望

学习的楷模。年届八十的萧乾本来大可安享天伦之乐，但他和夫人文洁若毅然扛起了翻译世界名著《尤利西斯》的重任。要知道，在中国文学界公认可以胜任此任务的本来就寥寥无几，即便著名作家、翻译家钱锺书也因年迈体弱而婉拒，可以想见其中所需耗费的时间和心血之巨。即便如此，晚年的萧乾与夫人怀着对文学的向往坚守，经过四年异乎寻常的艰辛付出，终于完成了这项浩瀚工程，成为中国文学史上的一段励志佳话。

对生命的虔诚敬畏。关于文学的功用，往往被认为在于对人的感化教育，而感化教育的力量很大程度来自对生命的虔诚敬畏。比如被称为"人民作家"的巴金，始终把"真"与"善"奉为圭臬，坚持"忠实地生活，正直地奋斗，爱那需要爱的，恨那摧残爱的"。"文革"后，面对自己曾经犯下的违心之失，巴金敢于直面历史，剖析自我，这不仅需要相当的认知境界，更需要极大的魄力勇气。巴金逝世后，潘耀明将这一噩耗转告时在英国的金庸，金庸在悼念文章中表达了对巴金人格和作品的深深敬意，对其道德文章《随想录》更是推崇备至。文学大师沈从文则把刻画人性奉为写作的准则，坚持好的文学作品除予人"真美的感觉"外，还有一种引人"向善"的力量。在宽广襟怀和博爱精神的观照下，其笔下的作品及人物总是洋溢着盎然的诗意和温暖的爱意，潘耀明更指出其作品中蕴含的"人神的统一与分裂、人与自然的契合与人性的扭曲、原始生命力量"等对人生的观察已进入哲学的领域，以此解读其文学创作的突出成就和独特贡献。

诚然，"这情感"也是潘耀明的情感，其中既有对中国文学的崇敬向往之情——这成为他在内地开放之初即主动结识诸位文人大家的直接原因；也有对前辈师友的崇拜仰慕和感恩铭记之情——这是他获得信任友谊、获赠不少墨宝画作的主要原因；还有对文化事业的坚守奉献之情——这是他将这些交往经历还原记述并倾囊分享的不竭动力。由此我们看到了撼动人心的锦绣文字、如若珍宝的书信札记、富足辽阔的精神世界，以及屹立不倒的精神丰碑。这是文学给潘耀明的馈赠，也是文学给我们的馈赠。

跌宕起伏的文坛逸事

非虚构人物传记在中国文学具有悠久的历史传统，《史记》的"本纪""世家""列传"等即被认为是中国传记文学的鼻祖和优秀典范。《这情感》虽不在纪传体作品，但如副标题"名家手迹背后的故事"所言，记载了不少人物逸事，其中既有雅趣逸事，也有异闻奇录、笔墨官司，它们相辅相成、相得益彰，从不同视角和侧面勾勒出30多位名人大家的精神肖像和神采气质，也是该书的主要魅力和趣味之所在。

提起文人雅趣，则往往绕不开琴棋书画，中国现当代文学大家自然也不例外。比如沈从文、俞平伯、茅盾、叶圣陶、萧军、端木蕻良、汪曾祺等都是文人、作家兼书法家。老舍的爱人胡絜青在创作之余，还是一位造诣颇深的画家，是齐白石的入门弟子，在香港举办过画展，是有市有价的名画家。还有"童话诗人"顾城，不仅诗艺超群，画作也往往天马行空、独树一帜，且在生活中常常不拘小节、我行我素：喜欢戴着自制的高帽，嗜睡、内敛，有着超然世外的性情和行径。笔者在讲述这些雅闻趣事时，并非旨在志异，而是与其创作、生活、品性等结合，以探求文学艺术与为人做事的内在隐秘关联。如胡絜青的习画之路也培育了她艺术家的道德规范，成就了她高雅纯洁的生活情趣和老实低调的做人原则。顾城的画作和其诗作、为人一样，追求至纯至真，拒绝向一切世俗妥协，体现了对现代主义的反叛，也暗藏了和现实世界不可调和的冲突矛盾。两种截然不同的志趣习性映照了南辕北辙的命运走向：一个淡雅如菊安享晚年，一个黯然凋零并给身边人留下无限伤痛，足以给后人启示。

除了写意纯真的一面，文本也叙写了人物的坎坷遭遇。比如顾城在新西兰为求生计饲鸡卖蛋，因被邻居投诉而收到养鸡禁令，后来竟充当刽子手日杀百鸡，文本对此都予以如实记叙，且始终保持平稳克制的笔调，让人物的窘迫无奈和无助苍凉于无声处得到恰到好处的呈现。于是，朴实的文字也具备深刻的力量，平凡的语词也泛起内心的波澜，一个个在大时代背景下踽踽独行、飘然卓立的"人"的形象跃然纸上。固然，在这些跌宕起伏甚至乖戾离奇的情节里，也不乏作者的痛心哀悼和遗憾喟叹（如对于顾城杀妻自戕的悲剧），但叙述笔致从不越轨偏废，可谓"乐而不淫，哀而不伤"，此又见作者深厚的文学功底和对人性的体察洞彻。

还有悬而未决的笔墨官司。比如萧红与端木蕻良、萧军和骆宾基的感情纠葛，特别是萧红晚年与骆宾基和端木的遗产与情感纠葛，都可在文中窥见一斑。除了当事人的亲历亲述，文本还附有传闻记录作为辅助对照。作为与萧军、端木和骆宾基三人均有交往的观察者、亲历者，记述这样一段经历显然更考验作者的情思笔力。对此，文本叙述总是力求平实公允，注重结合特定的历史情境，既体现共情的人文关怀，如端木与萧红在生活和创作上的相濡以沫，又不乏理智逻辑的判断，如萧红在性格气质上与萧军、端木的相投殊异导致之间的结合化离，让读者在史实面前对生命有了更多感悟体认，而不致落入对人、事的苛责求全，这是潘耀明作为讲述者的良知坚守，也是他游走于诸位文坛大家之间并与之结下深厚友谊的重要原因。还有关于萧乾、沈从文之间的交往叙事也莫不如是。再如关于老舍的死，旁观者的说法与胡絜青儿子的讲述大相径庭，乍一看让人扑朔迷离、莫衷一是，但对照胡絜青早年面对人生巨变的大义无私和果敢担当，以及作者与其在交往期间的为人表现，事情则变得豁然开朗、不定自清，因为公道自在人心——人品和事实就是最好的佐证。

多元开阔的国际视野

凭借独特的地域和区位优势，香港一直是中国政治、经济、文化发展的重要阵地，也是中西文化交汇的重要窗口。20世纪三四十年代，香港在文学交流方面更是发挥了重要作用。比如20世纪40年代，不少左翼作家因为政治迫害南下香港逃难，萧红也跟随端木蕻良来到香港，其间完成了《呼兰河传》《小城三月》等代表作，后又在此邂逅骆宾基，直至1942年因病离世。1935年萧乾到香港《大公报》任职，并在此地居住过一段光景，晚年重游故地时，记忆犹新。可以说，香港不仅是内地作家文学创作的福地，非常时期的政治逃难地，也是生活和情感的根据地。

党的十一届三中全会后，中国的社会经济发展迎来了春天，中国文学的对外交流和发展也迎来难得机遇。与此同时，内地与香港的文化交流互动日益频繁。一方面，不少内地学者作家应邀赴港或经港赴境外交流，如"美国爱荷华国际写作计划"（1983年茹志鹃、吴祖光等作家应邀参加）、"新加坡国际文艺营"（1983年萧军、萧乾、艾青等作家应邀参加）等，与香港结下不解之缘。另一方面，香港的出版传媒界人士也有机会来内地访问交流，这些都为潘耀明的拜访之路提供了便利、打下了基础。

潘耀明生于福建省南安县，10岁随母亲（养母）前往香港生活。幼年时家境虽不宽裕，但他对中国文学怀有浓厚兴趣，中学时即读完了新文学作家的作品。毕业后进入报业工作，历经世事浮沉，担任过《海洋文艺》编辑，历任香港三联书店编辑部副主任、副总编兼董事，其间赴美留学并取得纽约大学出版杂志学硕士学位，后受聘金庸掌舵的《明报》系统，担任《明报月刊》主编长达13年（其间曾追随金庸到明报集团任职，后重返兼任）。长期的编辑出版生涯锻炼了潘耀明敏锐的新闻嗅觉和坚实的文字功底，更培育了其多元开阔的国际视野，其中金庸"承传文化薪火"的理念宗旨和使命自觉更是对其产生深远影响。对于这位文学和人生道路上的领路人和贵人，潘耀明始终铭记于心，专门撰写了《手迹之外一章：我与金庸》并放至该书末篇，可见其重要地位。文中提及金庸打造文化品牌的理念，"独立、自由、宽容"的办刊精神，"短、趣、近、快、图"的用稿标准，以及渊博的学识、广阔的襟怀和独特的目光等，无不令其为之敬佩折服，加之自身对中国作家作品的长期关注，潘耀明可谓独得金庸的衣钵真传，多年来身处世界经济贸易中心，始终坚持传承与发扬中国文学和中华文化。

1978年，国侨办主任廖承志邀请了一批香港出版界代表团访问内地，潘耀明即为代表团成员之一，并踏上了拜访结识文学大师之旅。当时艾青不在会见名单里面，还未被平反，潘耀明只能"私访"，可谓捷足先登。还有冰心、巴金、沈从文、汪曾祺、老舍等，几乎囊括了所有现当代名家。在他们访港或经港期间，潘耀明常常陪伴左右，既是晚辈、编辑、学生，也身兼导游、讲解员、摄影师等多重身份，并在自己收入并不宽裕的时候给对方捎去录音机、计算机、速溶咖啡等内地紧俏品，其热忱让作家们感动不已。对此，艾青、丁玲等作家曾多次在书信中表达谢意。诚然，如严家炎先生所说，"能够使这些文坛大师们接纳他并长期保持联系，当然不能仅仅靠情谊。既然是知音，就要有共同语言，就要有令大师们觉得有话可说、有信可写的丰厚的知识和学养"[1]。对此，潘耀明不仅展现了深厚的文学功底，还深谙书法、绘画等艺术门类，且学贯中西、融通中外，每每论及头头是道、入木三分，这也是作家们与之鸿雁不绝，并纷纷把自己的文章乃至书稿托付发表出

---

① 严家炎：《用生命写作的人》，载潘耀明《这情感仍会在你心中流动——名家手迹背后的故事》，作家出版社，2021，序言，第5页。

版的重要原因。对于这份信任和重托，潘耀明视若珍宝，并通过自己在出版传媒界多年的人脉资源，不遗余力地推广传播中国文学，让读者有幸目睹大家们的大作风采。比如巴金的《随想录》（繁体字版）、卞之琳的《雕虫纪历——1930—1958》（增订版）皆是他在香港三联书店时为作者出版的，经由其编辑发表的文章更是不计其数。

此外，潘耀明还策划出版了不少中国作家作品。包括1980与广东花城出版社合作出版《沈从文文集》《郁达夫文集》，以及先后与内地出版社合作出版了《历代诗人选》《历代散文选》《现代中国作家丛书》等。2000年主持策划了《2000年文库——当代中国文库精读》，出版王蒙、王安忆、史铁生、池莉、余华、陈染、莫言、张炜、贾平凹等20位海内外华文作家的作品。

如今，《这情感》里的大师巨星们多已陨落，曾经青涩内敛的文学青年也已年届古稀。然而，作为《明报月刊》总编辑兼总经理，兼任香港作家联会执行会长、世界华文文学联会执行会长等职务的潘耀明，仍旧活跃在国内外各种文学现场，为国际文化交流事业奔走鼓呼。面对应接不暇的采访访谈，他总是温文尔雅、笑容可掬，尽显中国文人敦厚儒雅、恭敬谦卑的风度气质，仿佛还是文学道路上孜孜矻矻、奋发以求的青年。是的，纵使时光飞逝、物换星移，但大师风采仍在，少年之心依旧，正如潘耀明的笔名"彦火"一样，"这情感"激情似火又温暖如春，向世间展现许多美好，呈现无限希望。

真诚可贵的生命之书

20世纪90年代以来，随着余秋雨等学者散文的出现并引起巨大反响，学者散文已成为当代散文创作的重要现象，并成为继文化散文、女性散文后又一散文样态的重要分支。近期，著名学者、教授、文艺评论家蒋述卓撰写的散文集《生命是一部书》由花城出版社出版，其内容之丰饶谐趣、思想之伟岸精深、语言之清丽考究、构思之缜密精巧，让读者大饱"眼"福之余获得情感和心灵的洗涤享受，堪称当代学者散文的又一喜人硕果。

色彩斑斓的生活之书

捧拾起这本精美隽永的小文集，如果你以为这是一本晦涩高深、枯燥乏味的书，那就大错特错了。因为"读万卷书，行万里路"是蒋述卓恪守的学术之道，也是生活之道。与部分专事掉书袋的学者散文不同，该书融入了作者多年的生活和行走体验，阅读的过程仿佛一次次新奇有趣的探寻之旅，带给你无尽的欢乐意趣。

《一个"给你点颜色看看"的国度》记录了作者在印度目睹的一场场"视觉盛宴"，从民间婚礼、车辆装饰到马路小摊，承载着各种颜色的花卉、服装、饰品乃至身体组合在一起，构成一幅幅色彩斑斓的画面，这一方面与印度人对色彩的喜爱有关，一方面也与其审美品位有关，比如阿格拉红堡、斋浦尔的琥珀宫、孟买的博物馆等，都是色彩艺术的殿堂，还有充斥街头景区的另类"颜色"，既展现了印度人民对美好生活的向往和热爱，也展现了印度文化的多元广博。《在槟城的温风暖雨中穿行》通过作者在马来西亚的三次雨中奇遇，抒写了有着传奇色彩的雨季国度，以及当地人温情浪漫、惬意自如的生活状态。《走入草原深处的秋》记述了内蒙古锡林郭勒盟的秋景，呈现了大草原特有的风姿魅力和蒙古族人民的壮志豪情。这些优美的文字和画面仿佛一个生活的万花筒，让读者充分感受生活之美、生命之美。

关于对山水的热诚执着，作者在《平生难解山水缘》中揭示了这段不解情缘，主要源自读研期间的一次艺术考察经历，这让他对中华文化尤其是文学艺术有了切实的体会和感受，后来《山水美与宗教》一书的写作也源于此。由此，"乐山乐水乐诗书"不仅成为其学术研究的独特方式，也成为其人生状态的真实写照。

至美至善的人性之书

在这些饱含诗情画意的叙述中，除了山川美景、异域风情，更有对人性的观察解读，所谓大千世界，"人"才是最美的风景。比如《戒台读松》实为借松喻人，暗讽那些受人追捧的名松有的不过是徒有其表的沽名钓誉者，相比之下的无名古松如遗世独立的正人君子，更得人心。

《在那高高的布达拉宫》以六世达赖喇嘛仓央嘉措的灵塔之谜为线索展开叙述，揭示了仓央嘉措在神与人之间纠缠纠结的传奇人生。这个因受迫害选择为爱而活的男人，表面看不过是一个情场浪子，其实内心有着伟大政治家一般爱民如子的奉献和担当，在西藏僧众需要的时候，他毅然斩断情缘，在被押解出拉萨过程中，他勇敢地从哲蚌寺走出、跟随蒙古军而去，成为众人心中的精神领袖和现世"活佛"。故此，布达拉宫在作者眼里除了是供奉神的圣地，更是供奉人性的高地。《赤水情缘》《问向苍天"红军井"》《汕尾四日》记述了作者游历赤水、灌阳酒海井和汕尾等地的见闻感受，相比今日的风光美景，更让作者驻足深思的是回响在这片土地上的响亮名字和英雄事迹，其中既有周恩来、彭湃、丘东平等革命者保家卫国的赤胆忠魂和铁血意志，也有妈祖等英雄儿女扶危济困的广博胸怀和坚忍品格，他们用血肉之躯庇护一方百姓、捍卫民族尊严，他们是人民心中的守护神，更是平凡朴实的中华儿女。

这种对人性的体察观照体现了作者深切的人文关怀和高远的精神价值追求，也揭示了绵延几千年的中华民族能够屹立不倒、崇尚"无神论"的中国共产党人能够取得彪炳史册的伟大奇迹的原因之所在，因为正是千千万万闪耀着人性光辉的中华儿女谱写了不朽的民族史诗，他们也将续写当代中国更加广阔美好的未来。

岭南特色的文化之书

作为生在广西灌阳，后至上海求学，再到广州工作和定居的蒋述卓，其足迹可谓遍布大江南北，于他而言，所谓的故乡除了广西桂林，便是广州。这个名副其实的第二故乡，孕育了他根深蒂固的岭南文化，其文笔透射的岭南韵味自是意蕴盎然。

《你若爱上，便是家园》娓娓讲述了作者与这座城市的情缘。那是1983年的一次广州之行，作者跟随导师到广州开会，南方春季如梦的美景拨动了作者的心弦。1988年7月带着对美丽花城的向往，作者来此工作和定居，对广州的关注也由城市景观转向城市物质文明、精神文明层面，经过多年的"爱恨"磨合，作者不仅对广州的美景美食如数家珍，如CBD的珠江新城高德置地广场、广州塔、广州大剧院、广东博物馆、广州图书馆等，以及唐荔园酒家、炳胜酒家的经典粤菜，还对融合传统与现代元素的广府文化、珠江文化、岭南文化等颇有感悟。这使他无论走到哪里都带着这份对"故乡"的牵挂、憧憬和忧愁，并生发出在新的时代方位和历史机遇面前，广州建设现代化国际大都市的人文关怀的理性思考。如《也斯：文化眼睛里的文化风景》指出诗人也斯在诗歌中体现的香港文化认同问题，其实也是城市建设普遍面临的文化建设课题，《杨克：喧哗声中的纯美追求》揭示杨克诗作对城市文明建设的剖析与思考，《心灵的绿地》提出建设现代化城市的同时如何保留心中的绿地的疑问和反思等，这些都是蒋述卓作为岭南人的身份认同和文化自觉。

开阔豁达的学者之书

作为大家口中的"蒋主席"（连任两届广东省作协主席）、"蒋书记"（暨南大学原党委书记），还有一个不容忽视的称谓，那就是"蒋老师"——这是他一贯的身份自觉："我首先是一名教师，而且最希望被人记住的也是我作为教师的身份"。

怀着这份最初的梦想，作者高中毕业后选择入读桂林师范学校，毕业后留校任教成为该校最年轻的教师。1977年恢复高考后考入广西师范大学中文系，毕业后继续攻读硕士，后来又考入华东师范大学中文系攻读博士生。可以说，高等师范院校承载了作者的青葱岁月，它们既是学业、人生进阶的福地，也是他人格情操不断蜕变升华的理想地。直到1988年分配到暨南大学任教及至党委书记退休，可谓功成身就、功德圆满。

学术科研之路上，蒋述卓秉承恩师王元化博雅通达、沉潜雍容的治学精神和学术视野，经过多年的探索实践，已出版《佛经传译与中古文学思潮》《宗教艺术论》《传媒时代的文学存在方式》《二十世纪中国古代文论学术研究史》《文化诗学：理论与实践》《诗词小札》等专著，提倡的"将文学放到文化背景中去观照与研究""第三种批评——文化诗学"等文学理念在学界引起广泛关注，被视为近年来"粤派批评"的重要收获。获中国首届青年优秀社会科学成果奖二等奖、教育部第四届人文社会科学优秀成果奖励二等奖、中国文联文艺评论论文类特等奖等诸多奖项，成为广东乃至全国文艺理论批评界一块响亮的招牌。

值得注意的是，将学术视作生命的蒋述卓绝不满足于"书斋文学"，而是注重理论与实际相结合，这从其《消费时代文学的意义》《流行文艺与主流价值观关系初议》等文论即可观之，哪怕是宗教文化研究也讲究古今结合、古为今用，如《山水美与宗教》即融入不少对实地的考察和思悟，正如温儒敏先生所言"做到既回归学术，又不脱离现实关怀，积极回应社会的需求，参与当代文化建设"，体现了当代中国知识分子的精神自觉和责任担当。此外，蒋述卓与当下的作家作品始终保持紧密联系，力求从时代与作家之关系、作家及作品自身的角度进行开掘解读，这也使他的文艺批评在学理之余兼具历时性的审美视野和共时性的人文关怀，充分体现"经世致用"的思想。于是，阅读蒋老师的文章、聆听蒋老师的讲学往往成为一种享受——因为即便是"粤港澳大湾区发展规划纲要"这样时政性较强的课题，他也能讲得通俗易懂、文采飞扬，让人豁然开朗、受益匪浅，可见其学识涵养之高之深。

如今的蒋老师已告别三尺讲台，但依旧学而不厌、诲人不倦，担任博士生导师之余，还频繁穿梭在各种文学现场，如与唐诗人在《广州文艺》主持的《新南方论坛》栏目和各种文艺沙龙讲座等，为"粤派批评"发展鼓呼，更为扶携培育广大青年学子。

在《跋》中，作者自称"散文写作属于刚起步阶段"，显然不过是自谦之词，因为从该书展现的深厚的学识涵养、深邃的思想洞见、高超的文字功底来看，其散文创作无疑已达到炉火纯青的境界，可谓自成一家。但从另一方面看，这或许也是作者的肺腑之言，因为他曾表示，"我并不期望我所做的工作被后人视为什么经典，我只是将它当作我能享受愉快、寄托心情、安放精神的田园"。如此，对于这本优美隽永的文集，我们如饮甘醴、满怀崇敬，对于这本"未完待续"的生命之书，我们怀抱信心与期待，更致以礼赞和祝福。

在历史的深情回望中砥砺前行

非虚构作为文学的重要来源和表现形式，历来受到作家的重视与青睐。《永远在路上》（非虚构作品，作者张培忠，刊发于《中国作家》2012年第7期）以非虚构作为叙事来源和支撑，结合作者对时代的记忆与研究，以饱满真挚的情感、灵动细腻的笔触、平切质朴的叙述，对父亲的一生进行回忆追述，成功塑造了一位平凡而伟大的中国传统农民父亲形象，勾勒出一幅广袤生动的潮汕农村社会图景，其流露的对生命生活的执着热爱与忧思情怀如汩汩清泉润泽心田，富含的生活哲理与思想智慧如理想之光启迪心智，蕴含的生命毅力与信念勇气如精神灯塔光照人生。

生活是一种态度，也是一种信念

作者的父亲出生于被称为"省尾国角"的潮州饶平县下坝村泰阳楼一个贫穷的家庭，祖上（作者的老太公张庸）曾显赫一时，但因家道中落及变故，自小与母亲、伯伯过着凄风苦雨的日子。生活的苦难并没有把父亲打倒，为母亲分忧解难的朴素心愿、为吃上饱饭的迫切生活需求，让父亲在生活的磨砺洗礼中渐渐形成质朴的生活态度和人生信念。

上学——这件看似寻常的事，对于家境贫寒的父亲而言则是来之不易的学习机会，更是值得铭记一生的最幸福美好的时光。怀着对祖母的感恩报答之心和对知识的崇敬渴望，父亲格外珍惜、用功，"他常常是学校里来得最早的学生，坐在教室的角落里，分秒必争地诵读课文。晚上从不荒废，用来温习功课，或者预习新课"。当时家里穷得连一盏油灯也买不起，父亲只能点一支祖母从山里取回的"薪"来照明，并因此导致课本常被烧坏而心痛不已。为生活所迫，父亲还不得不时常辍学到亲戚家放牛帮工："每逢期末考试，父亲总要克服重重困难，包括缠着他的舅舅们做说服工作，直到放行为止。尽管旷课几个月，但每次赶回学校参加期末考试，父亲的成绩总能考第一。"除了读书成绩好，父亲还是种田的好手，是远近闻名的能工巧匠，是翻山越岭的挑夫。

成家之后，父亲为了担起家庭的重任，更是倾注了自己毕生的心血精力，几十年如一日辛劳奔波，为了家庭的温饱、孩子读书，即使是恶劣艰苦的环境，他也坚强面对、绝不轻言放弃，其中的辛酸不言而喻，个中百味冷暖自知。

"生活是一种态度，也是一种信念。穷则思变，即便在十分困难的时代，仍有人的活路。""只要有钱赚，有饭吃，再苦再累的活，他都能干；再难听的话，他都能听！""没有什么障碍能阻止他艰难前进的脚步，这成了他坚定的人生信念。"

生活的苦难磨炼成就了父亲坚强的意志、勤劳的品质，以及不甘平庸、奋斗不息的精神品格。父亲满怀虔诚地向"生活"这位伟大的导师学习讨教，同时他总能在辛劳枯燥的学习劳作中体味生活的哲理和乐趣，感受劳动之后内心的平实和快乐，这也是生活本身最大的馈赠。

他左手把秧，右手捏粪；秧苗在左手时，预先分好，右手析出后，迅速到秧船点粪，然后从左到右插到田里，就像鸡啄米一样手起秧落，又快又好；后退时（其实是前进）则用右脚轻推着秧船同步滑行，减少了程序；加快了进度。这样，他插的秧既笔直，又稳当，又快速，看上去是那样赏心悦目，富于韵律。

大家在黄昏的树影底下，围坐在一起，一边吃着简单的饭菜，有说有笑，一边任凭山风吹拂，享受劳动后休息的快乐与充实。

血浓于水的父子情深

《文心雕龙》有言，"缀文者情动而辞发"。大意是说写作者因内心的情感奔涌触发文思泉涌而形成文字作品。作品开篇即点明宗义，"尽管时光流逝，却有一事深埋心底，恒久不变，那就是对父亲的感情"。作者对父亲的感情既触发作者提笔写作的冲动，也是贯穿全文的情感脉络基调。

作为一篇怀念父亲的叙事散文，自然少不了与父亲的相处回忆。其中有两处父子相处的场景叙事感人至深：一是作者与父亲在校门口吃三饶饺，二是作者哥哥帮助父亲挑货"走山内"。两段不同的叙事中，父亲虽寡言少语，却一次次在于无声处的细节和行动中诠释着父爱的宽厚与仁慈：因担心时值青年正在长身体的作者不够吃，父亲硬是把自己碗里的饺子分拨给作者；当哥哥因雨天路滑不小心滑倒碰坏鸡蛋，父亲不仅没有责骂，而是好言安慰让其收拾回家后继续挑货上路。懂事的儿子们在父亲"渐行渐远渐单薄的身影"中，读懂了父亲的艰辛与不易，更感受到父亲舐犊情深的爱子之心。两处叙事前后呼应、相得益彰，产生了类似古典文学"互文"的修辞效应，是对"父爱"丰富内涵的阐发补充。

值得注意的是，文中还穿插了彼时作者与哥哥写给父亲的三封家书内容，表达了对父亲的深切体恤和担忧，是对父爱的"有声"回应：

父亲，我上次替您挑些鸡蛋到桃源，由于天气不好（下雨），路非常滑。我把蛋打坏，然后同您把蛋收拾好之后，您就继续前进，而我就要回家，但我在回家的路上回头看着您，当时我想起那些路程以及天下雨，造成的困难，又想起您的年纪和身体，在回家的路上，一边走一边放声大哭，因为父亲您有困难，我没法帮助父亲解决困难。而现在我给您写信，想起那种艰苦的情景，也眼含泪水。

而对于父亲阅信后的感受，作品采用侧面白描叙述的手法：

全家人正在吃早餐，父亲突然泪如雨下，母亲大惊失色，问有什么事情，父亲说刚刚收到阿林的来信……我急忙掏出信时，发现泪水早已重重地打湿那两张薄薄的信纸。

我看到信的封口像锯齿一般颤抖着撕开，信纸有几处被泪水打湿的痕迹，于是我确信父亲是读过这封信的。

平实的文字叙述饱含极强的画面感、在场感，让读者仿佛身临其境：大时代下中国传统农民家庭的日常艰辛困苦，因长期为家庭生活辛劳奔波而单薄虚弱的中国传统父亲形象，儿子们对父亲惺惺相惜的拳拳之心，父亲内心悲恻感动的复杂情感奔涌……无不让人抚卷长叹、恻隐动容。同时，书信内容的穿插使作品通过叙事语境的切换，将"过去"与"现在"两个不同的叙事时空巧妙联结，在"作者（与哥哥）—父亲—读者"间建构多元的审美观照窗口，让传统的回忆叙事在跨时空、跨视角的叙事中得到多重折射与解读，由此形成的情感冲击如洪钟鸣荡般一次次撞击读者的心灵，让人在沧海桑田中品味血浓于水的父子情深。

历史的甘醇，时代的芬芳

心理学家弗洛姆曾说"父亲，是向孩子指向通往世界之路的人"，父亲不仅是作者坚实的精神与物质的来源依靠，也是作者体认并通往现实世界的桥梁窗口。作品在个人叙事的基础上，结合母亲的口述历史，积极扩展叙事的广度和深度，在历史和生活的回望反思中，实现对父亲精神的探寻建构，进而实现潮人精神的理想建构，体现作者史学家般的宽广视野和气度胸襟。

深谋远虑的祖父、坚强负重的祖母、独具慧眼的下坝嫲、聪明能干的木工队领头张成锋、淳朴执着的木工队队员张两愿、拥有弥勒佛般笑容的典医师、精明狡黠的公社大队长张娘镇等一个个真实饱满的生命，以及焖"分饭""营阿娘"等潮汕风俗传统，组成了一幅幅鲜活生动的潮汕农村生活图景。在大时代背景下，广大潮汕人民为求生计、图温饱、谋发展遍尝生活的艰辛困苦，他们面对生活苦难展现出非凡的生活智慧、坚强勇气和人性光辉。与作者的父亲一样，他们作为平凡的生命个体，努力工作、努力生活，在血汗和泪水中收获感动和欢乐，也为别人的生活带去欢乐、慰藉和希望。作者将这些饱满的生命个体一个个还原记录下来，既是对父亲叙事的补充，也是对潮汕先民热爱生活、坚强不屈、矢志奋斗的伟大精神的传承致敬。乃至张娘镇等这样有些"反面"的人物，作者也未对其做出全盘的批判和否定，而是结合特定时代历史条件对人物的性格行为进行记叙，叙述本身也极尽客观平静，展现作者作为人民作家的良知坚守和博大情怀。

"永远在路上"的"路"，不仅指父亲走过的漫漫人生路，更意指潮汕先民矢志奋斗、永不服输的精神之路；"永远"二字既饱含作者对父亲的深厚情感和深切缅怀，更道出了作者对于延续传承潮汕先民精神血脉的意志决心——它们将滋养激励着包括作者在内的无数青年后辈，在悄然无声的岁月中砥砺前行。

人性之光在高处闪耀

　　什么是真正的报告文学？著名报告文学家何建明曾指出，真正的报告文学，能真正震撼你的心灵世界、能真正燃烧你的情感火焰、能真正愉悦你的阅读观感。相信用以上文字来形容报告文学《千里驰援》①，自是再贴切不过。回顾《千里驰援》的阅读过程，如行云流水，抽丝剥茧，直指人心，一个个鲜活的人物形象、一个个丰盈的精神世界纷至沓来，让人细读品味，酣畅淋漓，叹为观止，再次感受那高高闪耀的人性之光。

　　本次新冠肺炎疫情，是现代科学理性与自然疾病的一次博弈与较量，更是人类面对自我、未来的一次集体内省与反思。灾难面前，由资本、商品与大众消费堆砌的后现代文明大厦轰然坍塌，所有的野心、欲望随之蒸发殆尽，生命安全和健康福祉受到严重威胁，尊严、信心遭遇空前危机，悲伤、恐惧乃至绝望接踵而至。对此，如何重燃生命的斗志和希望，重拾对人生对未来的信心与力量，《千里驰援》告诉我们：没有救世主，也没有灵丹妙药，只有回归人的自身——通过与病毒、恐惧、未知的抗衡较量，挖掘人性之光和生命的诗意美学，进而维护人的尊严，重建人的信心，才能实现自我救赎。

---

① 2020年3月2日，由广东省作协党组书记、专职副主席、著名作家张培忠与广东作家许锋联袂完成的报告文学作品《千里驰援》，在《人民日报》"大地"文学副刊发表。

英雄即凡人

国家有难，国士先行。84岁的中国工程院院士钟南山临危受命、逆行出征的身影，以及倚靠在高铁餐车上闭目小憩的画面，成为庚子年国人不可磨灭的经典记忆。对于这样一位公众熟知的国士，在新闻、网络及文学作品中已不乏铺天盖地的宣传阐述，甚至不乏应运而生的人物传记。如何在极其有限的篇幅里进行人物的独特书写成为作者面临的一大考验，对此，《千里驰援》采用侧面叙述和行动叙述相结合的方式，以白描速写的笔调再现英雄的务实担当和良知坚守。

比如在钟南山出场时，文本并没有对人物背景作过多介绍，而是以"一位老人"的第三人称展开叙事，之后从车站购票、落座吃饭、阅读材料，到接打电话、奔波会议等，无不是作为"老人"的"他者"叙述，直到第一回倒数第二段"老人"的身份才浮出水面——中国工程院院士、国家卫健委高级别专家组组长钟南山，至此读者的阅读期待得到了回应与满足，也对此前"老人"一系列的行动叙事有了全新的体认。在人物叙述时，文本并没有展开情节和细节描写，取而代之的是短句式的行动叙事。比如从老人和助手吃盒饭开始，到新闻发布会公布老人的身份之间，仅用250余字简述老人从1月18日至20日的行程，其间除了"闭目小憩""休息了10分钟"之外，其余皆是看材料、打电话、开会之类的行动叙述，人物务实低调的作风做派可见一斑。最后以新闻发布会钟南山关于"肯定有人传人现象"提醒大家提高警惕、"没有特殊的情况不要去武汉"的发言结尾，这也是人物出场以来唯一一处言语叙述，充分展现其"敢医敢言"的坚毅果敢和良知担当，人物之精神品格由此得到传神入木的展现，并实现英雄与凡人的身份转换和理想建构。

凡人即英雄

踽踽先行的国士，以及奋战在各医疗救助现场的广大医护人员，共同构成本次疫情防控攻坚战正面战场的主力军。与前者不同的是，后者大多并非公众人物，也没有什么社会知名度，在人群中不过是和我们一样默默无闻的普通人，然而正是这些"普通人"在国家和民族危难之际，毅然扛起民族的大义，舍小家而顾大家，他们不仅是救死扶伤的医护天使，更是国家的英雄，民族的脊梁。

人物身份不同，所运用的叙述视角和手法也不同，正如文本所说的"英雄不问出处，但此时，英雄的出处不能省略"。因此，我们看到一个个隐藏在身边的凡人英雄：准备回潮汕过年的谢佳星，妻子怀孕四个月的谢国波，需要照顾老人小孩的陈丽芳，父母远在湖南的彭红，正在安徽陪父母的王凯，原计划领取结婚证的梁玉婵……他们的名字如黑夜里的明星般灼照闪亮。病房改造、更换氧气瓶、胸腔穿刺置管、扎针抽血等，这些原本司空见惯、轻车熟路的医疗救治程序此时变成充满危险和挑战的关隘，有时更需要与时间赛跑来赢取病人的一线生机，这俨然是一场没有硝烟的战争。对此，一个个鲜活的事例带着生动的细节被还原再现，我们看到身材瘦削的女护士如何经过反复练习和经验总结变成能够独当一面的女战士，穿着厚重的隔离服的女护士如何经历最特别的"一针见血"，此前从未使用过重症超声可视化技术的隔离病房如何实施惊心动魄的胸腔穿刺置管术，原本忙乱无序的救治场面如何变得稳定有序……每一个看似弱小的个体都潜藏着巨大的能量，每一次突破都带来新的希望，每一次成功都是一次巨大的胜利，而这些胜利和希望以及那500毫升果粒橙所带来的幸福感汇成的巨大生机和能量，构筑我们在这场战斗中的坚定信心和勇气来源。

守望展真情

所谓天助自助者，除了正面迎击的医护人员，被医治的患者本身也成为本次疫情防控攻坚战的重要参与者。文本通过患者的侧面叙事展现医护人员的精湛医术与医者仁心，通过医患之间的守望相助展现人间的大爱真情，构筑与阐释新型医患关系。

比如当吴健锋等医生成功救治危急的重症老人，"老人戴着氧气面罩，虽说不了话，但依然抬起手，竖起大拇指，他在感谢医生的救命之恩。几位医生也纷纷竖起大拇指，为老人的坚强'点赞'"——这段发生在ICU的感人叙事不是作者虚构的产物，乃是作者采访医生当事人的第一手资料（详见《记录时代平实真切——报告文学〈千里驰援〉创作体会》），在医生眼里除了手术操作和仪器数据，更有生命之上的医者仁德，医生们给老人的"点赞"也是对老人生命意志的由衷敬佩和感动。此外，李婕茹护士为阿姨扎针抽血的叙述也展现了医患之间的守望相助。比如抽血前李婕茹轻轻叫醒阿姨，看到她睡眼惺忪面露微笑时心里一暖，扎针前阿姨不仅非常配合还主动安慰她，"阿姨年纪大了，血管不好，没关系的，扎多少针都不怕"，当李婕茹扎针成功后，阿姨眼睛里泛着泪花："姑娘，你辛苦了，为了我们，你们一夜都没合眼！"李婕茹也为之动容哽咽。人非草木，孰能无情。在阿姨的眼中，医护人员的艰辛与不易不仅是作为医生的职业操守，更是来自人性深处的无私大爱与悲悯关怀，因此其发自内心的鼓励和感谢也是真情与感动的自然流露。

在这两处医患叙事中，医生与老人、护士与阿姨不再是二元对立的医患关系，而是紧密依靠、休戚与共的"命运共同体"，他们彼此信赖、共克时艰，展现了真诚、无私、信任、友爱的人性光辉，人的尊严和信心得以重拾彰显——这正是报告文学的价值和魅力之所在。文本由此获得充沛的生命力和艺术感染力，同时也展现了作者关于构建新集体主义美学的实践尝试和美好愿望，即不同于十七年时期国家政治意识形态规约下的集体主义美学范式，以及20世纪80年代崇尚个性解放的个人主义之观念视角，而是在充分肯定个体经验与价值基础上的新集体主义之理想建构，因此某种程度而言这也是构建新时代中国文学话语和叙事体系的有益尝试。

民心是最大的政治，生命安全乃最大的民生。作为《人民日报》3月2日《大地》副刊《抗疫一线的故事》的开栏之作，《千里驰援》不仅让我们领略报告文学的风采魅力，更让我们感受广东人民的精神力量：无论是84岁钟南山院士身先士卒驰援武汉的国士精神，还是133名医疗队员舍家为国纷纷请战的使命担当，既展现了广东情怀、广东担当，更体现了人类在面对危难之时的良知坚守和精神伟力，这些闪耀的人性之光力透纸背，犹如黑夜里跳动的火炬，将温暖、信心和勇气传递至每一位读者，凝聚唤起中华民族众志成城抗击新冠肺炎疫情的磅礴力量，它们将支撑和指引我们前方的路，将光明和希望重新照进来。

塞壬散文中的底层女性形象及书写

　　20世纪90年代，随着改革开放，大量外地务工者拥入城市，"打工文学"应运而生并得到长足发展。作为"打工文学"策源地、"打工文化"发源地的广东涌现出一大批优秀的"打工文学"作家，萧相风、郑小琼、王十月、塞壬等就是其中的杰出代表。其中塞壬（原名黄红艳）自2004年下半年开始散文创作以来，作品发表于《人民文学》《十月》《天涯》等刊物，入选各类年度选本及排行榜，荣获《人民文学》年度散文奖、第七届华语文学传媒大奖"最具潜力新人奖"、第十六届百花文学奖及第六届鲁迅文学奖散文提名等，可谓女性"打工散文"中的一颗耀眼明星。

　　"塞壬"一词最早源于古老的希腊神话传说，是一位人面鸟身的女海妖，其姿容娇艳，体态优雅，其天籁般的歌声，有致命的诱惑魔力。塞壬的散文创作以独具的女性身份自觉及独特的叙述视角，塑造了包括"我"及小菊在内的一批城市底层女性形象，散发的审美效应仿如传说中的美妙歌声，具有让人无法抗拒的魅力。本文以塞壬的散文集《奔跑者》和《下落不明的生活》为例，试图对作品中底层女性形象内涵与叙事特征进行文本透视和审美解读，以探索揭示其中的女性身份建构及女性意识的嬗变与时代发展进程中的生息关系。

形象1：背负屈辱和伤痛的受害者

20世纪90年代以来，随着社会变革和经济发展模式转型升级，大量外地务工人员涌入广东，尤其是被称为"世界工厂"的东莞，成为几百万务工者的聚集地。据东莞统计年鉴显示，2005年东莞外来登记注册的暂住人口为584.98万人，这几倍于常住人口的外来人员的到来，给城市社会管理带来巨大的压力和严峻的考验，由此引发的盗窃、抢劫、诈骗等社会治安问题接踵而至，女性务工者往往首当其冲，成为背负屈辱和伤痛的受害者。

《耻》和《声嚣》记述了"我"在东莞打工期间遭遇的可怕飞车抢劫经历。"在广东十一年，我先后五次在大街上被抢劫，其中有两次被摩托车拖在地上十几米，这两次抢劫都发生在东莞。""2004年，我在东莞一家大卖场做企划，办公室的六个女孩子几乎是轮流遭遇飞车抢劫，别的办公室也一样。"①由此留下的一道道伤疤，几乎成为"我"以及其他南下打工女孩的标志性烙印。

我可以很坦然地把衣服掀开，把身上多处丑陋的、可怖的伤疤露出来。我甚至可以一一道出每一道疤痕的由来。

我的额头、手肘、腿，都或深或浅地有这种亮白的光芒，我披着长发，蓄着刘海，把额上的一条长长的横条纹伤疤盖住。②

① 塞壬：《奔跑者》，江苏凤凰文艺出版社，2017，第52页。
② 塞壬：《奔跑者》，江苏凤凰文艺出版社，2017，第51页。

湾区的瞻望

诚然，受其时东莞以及珠三角地区的治安环境影响，飞车抢劫绝非个案，受害者也不仅限于"我"和其他办公室女孩等底层外来务工女性，如安妮太太等一些上流社会的女性也未能幸免："在东莞，这是极其普遍的一种人生经历。尤其是女性。我身边非常多的女性遭遇过飞车抢劫，身体落下了跟我一样的伤痕，有的甚至更多。"[1]然而，与事后通过各种手段积极洗白的安妮太太不同，"我"既没有什么地位财富，也没有可倚仗的人脉资源。作为无权无势、无依无靠的底层打工女性，"我"无法做到遗忘和粉饰，伤疤伴随的伤痛、愤怒与屈辱感挥之不去，由此造成的心灵创伤更成为长期以来的梦魇：

那个瞬间时常出现在我的噩梦里，然后我大喊大叫地醒在床上。当路边的摩托车幽灵般地从暗处蹿出来，当魔爪探向我的肩膀，我头顶的天空一定被一只巨大的、罪恶的黑色翅膀所覆盖。一场捕猎正在上演。我清澈如水的魂灵与肉身，如同羔羊一般经历着这人世间的劫难。我的包包是斜挎的，一旦被拽起，就会连同我的身体。我被拖在地上，惨叫，刺痛，沙粒硌进我的肉体，我的裙子被磨破了，我的皮肤也被磨破了，一地的血，我在哭喊，却什么也听不见。[2]

除了人身安全，居住安全也成为城市生活的一大困扰。《声嚣》中的"我"白天要承受工作的艰辛疲惫，夜晚还要在出租屋内忍受突如其来的侵扰，这一"施暴者"不是作奸犯科

---

① 塞壬：《奔跑者》，江苏凤凰文艺出版社，2017，第52页。
② 塞壬：《奔跑者》，江苏凤凰文艺出版社，2017，第53页。

的坏人，而是维护城市正义与公平的执法者——治安巡逻队。作为被管制和检查的对象，"我"的身份被赋予某种非法性或言不确定性——对于这座城市而言，"我"不过是暂居于此的匆匆过客，"我"的存在也被视为影响城市治安的因素之一。

我总是会被急促的踢门声惊醒，那一定是穿着一双坚硬的靴子的脚踢的，它粗暴、蛮横，那声音还摆出一副强硬的态度来：你必须开门，而且还要快。这个无理的插曲有着强烈的入侵感，让人恐慌，胸口顿时咚咚咚地跳个不停，即使如我般善良、守法的小民，也好像是干了坏事败露了，就要被抓一样。

完了之后，我久久不能恢复平静，像受到了惊吓，有点哆嗦，胸口还是狂跳个不住，脑子里还是那可怕的踹门声，嗵嗵嗵，嗵嗵嗵，我抱紧自己的身体，希望能赶快平静下来，但是我依然听到的是嗵嗵嗵，嗵嗵嗵，嗵嗵嗵，嗵嗵嗵，嗵嗵嗵，嗵嗵嗵，嗵嗵嗵，嗵嗵嗵……①

文本以一连串"嗵嗵嗵"的拟声词还原了治安巡逻队执法搜查的场景，紧凑的节奏蕴藏着居高临下、不容置疑的威严感和逼迫感。与"嗵嗵嗵"的踢门声相对的是被搜查者"咚咚咚"的心跳声，二者形成强烈对比：一边是代表城市管理者的治安队，一边是"受到惊吓""恐慌""哆嗦"的外来务工者。在个别执法者面前，"我"显得如此弱小无助，哪怕"我"是恭顺守法的良民，也要被当成犯事者一样对待。显

---

① 塞壬：《下落不明的生活》，花城出版社，2008，第29页。

　　　　　　　　　　　　　　　湾区的瞻望

然，与飞车抢劫不同，个别治安管理者的执法带有明显的身份歧视。究其原因，短时间内大量外来务工者涌入，原按户籍人口比例配置的警力严重不足，在正式警力外的村级治安员应运而生，这些人员的参差不齐成为不文明执法的直接原因。无论如何，这种区别对待让"我"这样的底层外来务工人员产生强烈的身份认同焦虑，加之执法本身带来的侵扰构成身体之外的另一种屈辱和伤害："我看见自己被那些声音照亮，一张疲惫的脸，惊慌失措的表情，仓皇的身影，还有瞳孔深处的哀伤。"①

职场暴力是底层打工女性生存的又一威胁。与郑小琼描写工业化时代工厂机器对工人身体的伤害不同，塞壬把笔触伸向看似标榜现代文明的写字楼，以女性特有的敏锐感知和观察洞见揭示底层打工女性在现代职场中遭受的伤害和痛苦。后者虽不像前者般有着血淋淋的场面，但其破坏力和杀伤力于女性而言别具深意。

《声器》中的秘书小颜是一位年轻的小姑娘，平时工作常遭受老板的苛责和谩骂，原因不过是刚送到的报纸好像被人打开看过、吩咐过不喝普洱茶又给泡普洱茶之类的鸡毛琐事。一次偶然的机会，"我"发现充满恫吓和淫威的言语暴力之外还隐藏着丑陋无耻的性暴力，可怜的小颜只能在退却和躲避中发出哀求和啜泣，"我"在愤怒之余感到深深的悲伤和无奈，正如文本所说，"这仅仅是职场中一件普通得不能再普通的事件"，然而正是这些"普通得不能再普通的事件"构成底层打工女性无法言说的精神和心理创伤。

---

① 塞壬：《下落不明的生活》，花城出版社，2008，第26页。

《耳光》中，"我"在一家法国品牌的代理公司负责品牌策划，其间遇到一位叫萨宾娜的翻译，这个高傲冷艳的广东女人不仅对"我"这个来自内地的打工妹熟视无睹，还对"我"的工作进行消遣式差遣，并耍手腕抢走了"我"的岗位，"我"感到自己像任人宰割的羔羊一样瘦弱和单薄。不仅如此，萨宾娜还私下卖掉了"我"辛辛苦苦编写的策划案，并反过来诬陷是"我"出卖了公司。在正义和良知面前"我"终于不再继续沉默，并以"全部的情感、力量和血液"做出反击——虽然仅仅是一记耳光，但结局可想而知，在对手强大的身份和背景面前，"我"终究是那个倒下去的弱者，命运的悲凉感、无助感再次席卷而来。

我慢慢地倒下，倒下，先是身姿前倾，左腿一歪，整个身子开始向左慢慢倾斜，接着，我的左腿开始着地，它也磕响了地板，接着，我的整个身子倒在地上，倒在地上，我就那么小小的一堆，一定很轻很轻。①

形象2：游离妥协的"失踪者"

著名哲学家、社会理论家马尔库塞在《单向度的人》中指出，高度的工业文明使"大量生产和大量分配占据个人的全部身心"，由此导致"个人同他的社会、进而同整个社会所达到

---

① 塞壬：《下落不明的生活》，花城出版社，2008，第66页。

的直接的一致化"，并将主体的这一异化归结为"单向度的思想和行为模式"①。随着城市化进程的不断深入，和其他城市建设者一样，底层打工者也不可避免地遭遇来自现代文明的冲击。如作者所说，"在广东，在生存的场里，我们很多时候是被时代，被某种特定的生存环境代号化了"②。如果说此前历经的种种屈辱和伤痛让底层务工女性进入"非我"的状态，那么这种异化和冲击则使她们进入了"无我"的状态，成为游离妥协的"失踪者"。

那个阳光的女人叫Vivan，她属于白天。白天的声音、气味，和光亮把她的脑子塞得满满的，连咳嗽也没了踪影。她的156厘米，她的42公斤，属于白天的强悍，有质量的、有速度的那种强悍。她的骨头不再让她难受，她的性格也变得模糊不清，对别人妥协也对自己妥协。她被抽离。

但是她看不到别人，别人也看不到她。所有的人都被安置在各自的位置里，眼神不再传递什么，连指尖也没有温度。白天，我只能是聋子和瞎子。没有要求也没有愿望。我被隔离。他们也是。彼此戴着面具。失踪的人，在白天，所有返回的路径被封死。疲惫或者忧伤是后来的事情。（《夜晚的病》）③

在这里，白天与黑夜分别对应肉身与灵魂。白天，人们被繁忙的工作节奏和繁重的工作压力所淹没：骨头失去质感，

① 马尔库塞：《单向度的人》，刘继译，上海译文出版社，2008，第11页。
② 塞壬：《奔跑者》，江苏凤凰文艺出版社，2017，第250页。
③ 塞壬：《下落不明的生活》，花城出版社，2008，第20、21页。

性格失去棱角，人的触觉、视觉、味觉等所有感官知觉统统隐去——看似走进现实世界与之紧密相连的个体，却处于与世界、他人和自我相脱节隔离的状态，"我"成了"聋子和瞎子"，也失去了作为女性特有的温柔、多情、美丽等特质。

这种现代文明的异化叙事不由得让人联想起卡夫卡的《变形记》，但仔细研读不难发现，二者还是有所区别的：与格里高尔退化成甲壳虫不同，塞壬笔下的肉身并没有完全退化，相反是"强悍""有质量""有速度"的。虽然这里的"强悍""有质量""有速度"多少带有批判反讽的意味，但无论如何，它们仍是主体不可或缺的存在，它们与灵魂的关系正如白天与黑夜，彼此分离又彼此依存，随着黑夜的到来，走失的灵魂得以复归，个体才得以重新修复与自我、他人、世界的关系，使"我"回归主体的"我"，人之为人，女人之为女人。

> 每一个白天，一个纯粹的肉身，一个物，它做着让黑夜感到幸福或者悲伤的事，这个失踪的空白被黑夜填满。
>
> 我想着个体的孤独。这黑夜的病。它们是一种气味，一种感知，紧贴着肉身，谁也拿不走，它与生俱来，面对它，我辨认出自己，看见自己。一种来自黑夜的抚摸和打量让她的骨头发疼。她看见她破败的身体，强悍的意志以及所有的隐秘的欢欣和悲伤。天就这样亮了。[①]

一方面，作为成长于农耕文明时代的大地之子，底层女性

---

① 塞壬：《下落不明的生活》，花城出版社，2008，第21页。

对身体有着本能的自觉和独特细腻的感知，这使其在面对现代都市文明带来的巨大冲击时，能够从身体这一原初的生命存在进行感悟体认，并带领灵魂重拾遗失的主体性，完成失踪（隐匿）—寻觅—回归的路径探索。作者由此提出对现代主义和理性主义的审视反思：我们不可能永远沉浸迷失在现代文明的桎梏里，而最终要回归到广袤驳杂的生命中，正如巨轮离不开海洋、山川离不开大地，现代社会的发展离不开每一个在大地上蛰伏前进的个体，反之亦然，唯有蛰伏在大地上的个体生命才是丰富的、永恒的，无论欢欣和悲伤，疼痛与煎熬。

另一方面，作为出生于二十世纪七八十年代的打工作家（如王十月出生于1972年，郑小琼出生于1980年，塞壬出生于1974年），他们在时代变革的浪潮中，目睹了工业文明对个体日常的巨大冲击，也目睹了其带来的生产力的巨大飞跃，这使其开始思考个体与时代发展的关系，并在肉身与灵魂的游离对抗中不断努力寻求新的和解，于是，迁徙和漂泊成了生命的常态，"每一次的出发，都是一个未知，一个无法预料"，而这些未知和无法预料恰恰包含着对命运的不妥协，并成为主体整装待发、努力前行的源源动力："如果不对命运妥协，我就得一次次地离开，我的下落不明的生活将永远继续。这样的下落不明散发着一种落魄的气味。荒凉、单薄却有一种理直气壮的干净气质。"[1]

---

① 塞壬：《下落不明的生活》，花城出版社，2008，第6页。

形象3：坚韧无畏的"奔跑者"

作为底层外来务工者，想要在城市站稳脚跟甚至有所发展，绝非易事。在男权社会面前，相对弱势的女性群体，想在激烈竞争中脱颖而出，往往要付出更多不为人知的努力和牺牲。

纵观作者在广东十几年的打工经历，堪称一部血泪奋斗史。从广告公司策划、媒体代理、记者、编辑、业务代表、品牌经理、区域经理、市场总监等，历经至少5种行业、8种职业，足迹遍布广州、东莞、深圳、中山、佛山等地，遭遇了形形色色的人群，上司、同事、客户、下属，友人、爱人、邻居……在与命运的较量中，"历经肉身与精神的分身、拆离与无休止的争斗"。《奔跑者》中的"我"和工友小菊正是这样的女性代表，她们是大时代下踽踽前行的奋斗者，是坚韧无畏的"奔跑者"。

小菊是"我"在钢铁厂的工友，精神气质也与"我"相近，但因体态肥硕、学历低、技术差，在厂里很不受待见。此外，父亲工伤卧床多年，母亲在外摆摊卖水果，还有两个在念书的弟弟，小菊的生活可谓举步维艰。恰逢工厂即将裁员，这个年轻的姑娘凭借坚定的信念和过人的意志与命运展开殊死搏斗，不仅成功瘦身，还在"我"的帮助和鼓励下补齐了技术短板，最终通过考核成功留在钢铁厂，扭转了被排挤和抛弃的命运。

值得关注的是，作者在叙述中明确表示"我对讲述一个又胖又笨的姑娘的励志故事毫无兴趣"，因为"这种故事丝毫没有所谓正能量的代表性，它只是一个极端的个例"①，当然感不感兴趣、个例不个例是一回事，相比故事的励志结尾与正义导向，那个在"生死边缘与命运较量"，在"激烈的挣扎中"凸显出的"生命的壮美与悲凉"和"坚不可摧的意志"才让"我"感动感佩。而将"我"与小菊的命运联结在一起的，除了同为钢铁厂工人，还有一次特殊的跑步经历。

作为跑步爱好者的"我"一直有奔跑的习惯，一次偶然的机会，小菊加入了"我"的奔跑行列，但因交情不深，寒暄过后"我"便抽身离去，刚好此时大雨来临。雨停之后，"我"意外地发现被雨淋透的小菊依旧在奔跑，"打湿的工裤紧贴在她水桶般的大腿上，她昂着头，双脚不知深浅地乱踩，毫不规避地面的水，她缓慢而笨拙地奔跑着，像被放慢的电影镜头，她的表情看上去很陶醉，我读出，她在享受飞翔，且旁若无人"②。接下来的几天，"我"发现她每晚都会准时出现在钢铁料场跑步，且风雨无阻，从凌晨四点到早上六点半，于是"我"开始有意走近这个有着"魔鬼般的意志"和"强大的信念"的胖女孩：

　　我来了。我一次一次地超越她，又一次一次地在下一回程中与她迎面相逢，无声，但是默契已经在我们之间形成，我们彼此在心灵上有了某种微妙的感应。③

① 塞壬：《奔跑者》，江苏凤凰文艺出版社，2017，第12页。
② 塞壬：《奔跑者》，江苏凤凰文艺出版社，2017，第10页。
③ 塞壬：《奔跑者》，江苏凤凰文艺出版社，2017，第11页。

从相遇到相知，两个原本没有什么交集的个体有了思想的交汇、心灵的撞击，不是因为同病相怜，而是出于生命的坚韧执着。与小菊相处的过程也使"我"回想起在城市打拼的过往：犹如一匹黑马在漫无边际的跑道上驰骋拼搏，经历离别、迁徙、哭泣，依然奋斗不息、战斗不止，而到每一座陌生的城市，"我"都会留下倔强地奔跑的背影，结识和"我"一样拥有旺盛生命力、战斗力的同行者，如今"我"对自己和世界有了更清晰的认知，也将开启新的人生长跑。至此，奔跑不仅是一项改善身体机能与外形的运动，更成为一种现实的隐喻：作为当代外来务工女性，与命运的抗争过程就如同一次长跑，纵然不知前路在何方，也只有拼尽全力地向前跑，最终在"在与孤独的博弈中"，"完成灵魂自我修复的放逐"，实现"对迷茫人生的突围，自我警醒、激励，以及重申对未来的希望"。①

形象4：悲悯开阔的"追梦者"

由离乡背井带来的居无定所和身不由己，使"打工文学"从一开始就成了孤独、艰辛、沧桑的代名词。纵观塞壬的散文创作，虽不乏孤独困苦乃至落魄凄凉的打工叙事，但我们总能在她感性细腻的文字之外感受其背后丰盈辽阔的气象。这一方面与她丰富多彩的人生阅历有关，另一方面与其幼年时的成长经历密不可分。

---

① 塞壬：《奔跑者》，江苏凤凰文艺出版社，2017，第5页。

提到对塞壬成长影响最大的人，则不得不提到塞壬的祖母。对塞壬而言，祖母不仅是抚育自己的亲人、令人尊崇的长辈、值得信赖的朋友，更是生命的领路人。《祖母即将死去》记述了祖母传奇的人生经历和血浓于水的祖孙情谊。

　　作为地主家的童养媳，祖母从小在太祖母的欺压下过着悲惨的生活，幸运的是，因为祖父的爱护，祖母即便在困苦中也享受了美好的爱情时光。战时逃难期间，祖母因收容堂伯父而为村里人所诟病，但她从不回应与辩解。婚后祖父意外去世，祖母又带着三个孩子嫁给了小叔子，并用爱和温暖为一个混沌落魄的才子点亮生命之光。在祖母的宠爱和教养下，"我"渐渐读懂了作为女人、妻子、母亲的祖母的一生，也继承了祖母坚忍坚强、仁爱广阔的精神品格。《沉溺》《转身》等即展现了悲悯开阔的"追梦者"形象。

　　父亲是钢铁厂的工人，作为职工家属的"我"从小对钢铁、机械、马达等有着特殊的感情。二十岁那年，"我"进入本地最大的国有钢铁公司上班，并以自己是一名钢铁厂工人而自豪："我一直认为我首先是一个工人，其次才是一个诗人，我属于料场。"[1]热火朝天的劳动场景让"我"体会力量之美，技术之美，劳动之美，并产生"对劳动的热爱，对钢铁的热爱，对自身技术的热爱"。与郑小琼惯于把火热的钢铁变为冰冷的意象不同，在"我"看来，这些"对于一个女人的青春来说是多么弥足珍贵的给予"，"这就像农民面对他的土地，充满敬畏的感恩"，以至于离开钢铁厂后它们一直是"我"魂

---

① 塞壬：《下落不明的生活》，花城出版社，2008，第110页。

牵梦萦的挂念："一股浓浓的铁腥味迎面扑来，我一阵兴奋，张开肺叶，作了一个深呼吸。料场依然是一派劳作的欢腾。多少年过去了，我再也没有这样的经历。"①

后来"我"进入报社，遇到了将新闻视为生命的资深记者，在他的勉励和教导中，"我"明白"人的一生为自己热爱的事业活着是多么过瘾的事"②，并由此在内心树立起精神和价值的标高，以致"我"在以后的工作和生活中无法接受任何有悖于职业操守和良知底线的人与事。如在《沉溺》中，"我"与Z先生本来情投意合，可谓彼此的灵魂伴侣，但随着交往的深入，"我"发现对方不仅没有新闻人的精神和对真相的探寻和坚持，而且在职位晋升中竟然用进口伟哥贿赂上司，对此"我"毅然选择退出和分手，这也是"我"对内心理想和价值的捍卫和坚守。

作为底层的小人物，我们知道恪守什么或者放弃什么，都不重要，但我们都这样做了，这跟高傲和伟大没有关系，跟什么人性纯洁也没有关系，而仅仅是——图个舒坦。③

此外，对于女性遭遇的不幸和苦难，"我"也往往报以共情和怜悯。如平日里"我"习惯独来独往，也不喜欢别人来打扰自己的生活，但当离异的女作家上门求助时，"我"还是答应了对方的请求，替她照看8岁的孩子。当与丈夫赌气而离

---

① 塞壬：《下落不明的生活》，花城出版社，2008，第106页。
② 塞壬：《下落不明的生活》，花城出版社，2008，第78页。
③ 塞壬：《下落不明的生活》，花城出版社，2008，第122页。

家出走的女同事半夜找上门来，即便对方的言行失于教养，"我"也没有拒之门外，而是以"领略别样的风景"的胸怀予以包容接纳（《沉溺》）。还有分别遭遇飞车抢劫和家暴的两位女上司，虽然对方的身份地位比"我"高贵优越，且出于面子和维护声誉事后均对"我"进行打压报复，以致"我"流离失所、心里充满愤怒和屈辱，但"我"没有记恨反击，因为除此之外"我"更感到一种物伤其类的悲伤："我们原本是同一类人"，"我跟很多人一起，有过共同的命运，在那一瞬间，我们平等，像疾病那样平等"（《耻》）。

《转身》中工友兼画家林的情人——这个在文本中连名字都没有的女人，只有一个指代词"她"。由于此人被传是一个荡妇，工厂里不少人对她表现冷漠，甚至背后不乏调侃耻笑。后来在与林的接触中，"我"发现她不仅没有淫荡、轻佻的举动，而且是一位温柔、善良、恭顺，"怀着深沉的爱情"的女子：

　　她为林洗衣服，把它们晾干，然后拿熨斗小心地熨得平平整整，悄悄地往他的西装里塞折得很漂亮的棉手帕。她轻声细语地跟林说，叫他不要用这样的口气跟我说话，每一句话，充满着对林的爱。这样的爱带着母性，包容，深沉，这分明是天底下最好的女子。①

　　而所谓的"荡妇"不过是曾经欺骗她的两个恶棍散布的流言，实际她有着林所谓的艺术内涵也无法涵盖的人性光辉和美

---

① 塞壬：《下落不明的生活》，花城出版社，2008，第111、113页。

好品质，在与她的交往中，"我"逐渐被她的真挚和热诚打动，开始公开称她为"姐"。正是这种悲悯情怀和珍视眼光，让"我"摆脱许多世俗的狭隘和偏见，获得更为丰饶广阔的生命体验，正如文本所说："我总是那么容易为人性中的美好而感动，哪怕是卑微的，我都会没有任何偏见地，对这样的美表示由衷的赞颂和敬畏，并对平凡的人生和苦难的命运满怀着热爱和祝福。"①

书写：从"正确的位置"出发

尼采说："决定民族和人类命运的事情是，文化要从正确的位置开始——不是从灵魂开始（这是教士和半教士的迷信）；正确的位置是躯体、姿势、饮食、生理学，由之产生的其余的东西……所以希腊人始终懂得，他们在做必须做的事：蔑视肉体的基督教则是人类迄今为止最大的不幸。"②马克思主义批评家伊格尔顿也曾说："正是肉体而不是精神在诠释着这个世界。"

身体修辞历来是"打工散文"的主要标志之一。"打工散文"作家正是从身体——这个"正确的位置"开始，以在场的身体写作，使长期以来被现代文明所遮蔽的底层生命个体得到展示呈现，从而在被规约固化的集体精神与价值中重新探寻建

---

① 塞壬：《奔跑者》，江苏凤凰文艺出版社，2017，第113页。
② 特里·伊格尔顿：《审美意识形态》，王杰译，广西师范大学出版社，2001，第231页。

构个体精神与价值。塞壬的散文创作也延续了这一手法与风格，她以女性的身体为支点，通过女性天生敏锐的感知力和深刻的洞察力使长期处于遮蔽状态下的底层打工女性的生命形态得到鲜活而真实的呈现，并在这一私密化的个人经验书写中展现对底层女性命运的深度关切。

体感叙事。体感，顾名思义为躯体感觉，诸如温感、触感、痛感等关于人体对外界环境最原初最基本的身体反应。换言之，如果要考察一个人在特定环境下的生存状态和生活质量，莫过于观察他的体感反应。据统计，2018年珠三角城市群的外来者中来自湖南、广西、四川、湖北的人数位居前列。[①]对于大部分外来务工者而言，首先要适应的也许不是快节奏的都市生活抑或职场的钩心斗角、尔虞我诈，而是南方的气候，因为"在南方，气候时常成为一个人去和留的理由"。地处低纬度沿海地区的广东，受海洋性气候影响，常年天气高温湿热。这对于来自湖北、四川等地的外来务工者来说可谓是一个不小的挑战。《南方没有四季》状写了"我"在广东打工期间包括皮肤、毛孔、毛发等的体感反应。虽然作者明确表示自己初来时"没有经历过许多人的那种水土不服的阶段"，但南方特有的湿热天气依然在"我"身上留下了特有的印记，"我"的身体也在某种程度充当了所在城市的晴雨表、体温计。

　　在南方，我对气候更加敏感，漫长的湿热的夏季，我的腋

---

① 国家卫健委发布的《中国流动人口发展报告2018》显示：珠三角的流动人口当中，排名前4位的分别是：湖南人399万，广西人370.5万，四川人191.19万，湖北人181.2万。

下开始长出一片片不痛不痒的癣，它潮红，散发出一种古怪的气味，这种气味确立了我的识别系统……湿热、湿冷还有干燥，这三个关键词基本上描述了南方的气候，冷暖、刮风下雨、阳光或者阴云密布，我的每一寸皮肤，每一个毛孔，它们都有隐蔽的、蓓蕾般的回应。类似于时间，一秒和另一秒之间的缝隙，那空洞的痛。[①]

此外，工作和居住的环境也是诱发体感反应的重要因素。对此，被誉为"打工文学"发轫之作的《我们INT》（作者张伟明）即以主人公工厂质检员的视角书写了打工者与城市之间种种"接触不良"的现象，塞壬的散文聚焦现代城市底层打工者，呈现了打工生活的另一种景观，在公司，"没有营养的盒饭"和"愤愤的情绪"混合成一种火气，没完没了的会议和老板暴躁的表情让"我"整天无精打采。与此同时，由于外来人口的大量聚集，塞满人的小巷子和站满人的车站成了南方城市特殊的景观。工作的劳累常常导致身体的失调，走在马路上到处是"发酸的人的浊气"，更有一种心理的压抑感，"像被关在致密的铁皮笼里"。回到广州石牌"像迷宫一样"的巷子——这个地处市中心，但实际为城乡接合部的交叉地带，"阳光无法光顾，雨水也是"，还经常有蜈蚣出入，被子也是发霉的味道，潮湿阴暗的环境引发身体的系列反应：异味、瘙痒、犯困、盗汗、颧红、白带异常……于是，由二十四味中药熬成的苦汁和浓酽的铁观音成为生活的日常，只是它们可以

---

① 塞壬：《下落不明的生活》，花城出版社，2008，第7、8页。

缓解身体的种种不适，却无法完全根治这些症状，因为这就是底层务工女性的生活状态，也是命运常态。

性叙事。性作为人类自然生理的一部分，如写作之于塞壬，"完全靠着生理的驱使"。于是，我们看到在塞壬的笔下，性从来不是书写的禁区，而是与呼吸、吃饭、睡觉乃至死亡类似的一种生命状态。作为生活在城市底层的外来务工者，对现实的深度介入使其能够摆脱形而上的思想观念束缚，形成独特的内省化的视角，"像个摄像机，匍匐在地，一一照出生活的细节"。诚然，塞壬散文中的性叙事不同于部分打工作家对于性本能的宣泄书写，也不同于卫慧、安妮宝贝等"晚生代"女作家对女性身体欲望的赤裸张扬，而是呈现中国女性特有的温婉与含蓄：没有任何露骨的字眼，没有任何夸大的修饰，看似不掺杂任何情感欲望却拥有超越情感欲望的悲悯与深情。比如《在镇里飞》中，"我"与前男友的结合：

> 我相信两个人连在一起的那一刻，命运是相同的。我们如何才能连在一起呢，两个身体，在摸索，在拼命地寻找各自想要的，我们连在一起了，变成了一个人，那一刻，我们是一个人。之后，我们的身体分开，继续彼此孤独，像左耳和右耳。一股强烈的悲伤涌上来，我紧紧地抱住他，想把他嵌进自己的身体，他轻轻地说着，跟我回广州吧，回广州吧。啊，广州，我曾经彻底失去过自己，爱情无法让我获救，它太弱了。它无法医治孤独。[1]

---

① 塞壬：《下落不明的生活》，花城出版社，2008，第43页。

对于已经分开的两个人，这样的"摸索"与"寻找"显然与爱情无关，但情感和记忆依然是维系二人关系的纽带，于是，身体成为承载这一纽带的载体，身体的复苏也意味着情感和记忆的复苏。至此，性不再是爱情实践的产物，而是延续情感和记忆的一种方式。作者在内省化的审视中也提出了对于这一生命体验的反思：对于底层打工女性而言，漂泊不定的生活状态和孤独失意的生存境况使她们对自身的命运尚且无法把握，遑论爱情这一生活的奢侈品。那么，失去了爱情的性是否注定成为肉欲的宣泄？在此过程中的主体是否沦为灯红酒绿的附属品？作者对此给出了否定答案：因为除了性欲望、性本能以外，人还是有着情感和记忆、梦想与追求的高级动物，它们构成了现代化进程中个体的宝贵经验，乃至抵御现实洪流的最后一道防线，这也是人之为人的尊严和价值所在。

又如《下落不明的生活》中，在隐藏于广州天河棠下的出租屋里，"我"与爱人悲伤而痛苦的结合：

> 我的爱人在灯光下细致地给我擦洗，他忍不住悲伤把我紧紧地抱在怀里，是的，那一刻我们的命运要连在一起，要变成一个人。他紧紧地贴着我，凶狠地，痛苦地进入我的身体，在黑夜里，我们狠狠地连在一起，沉下去，沉到更深的夜里，直奔死亡。[1]

此时的"我"刚遭遇飞车抢劫经历，与爱人的结合也带有

---

[1] 塞壬：《下落不明的生活》，花城出版社，2008，第6页。

某种相依为命的悲凉感、宿命感。不难发现，塞壬笔下的性叙事总是与漂泊、悲伤、痛苦交织在一起，且往往与情爱无关，或言超越了情爱的范畴。当金钱、欲望、快感等现代城市消费主义的泡沫一一破灭，剩下的只有命运深处的坚忍决绝，以及沉寂过后的沧桑悲凉。毕竟激情过后，等待他们的不是你侬我侬的温情缠绵，不是豪迈嘹亮的生活凯歌，而是如何面对伤痛以及"去与留"的现实问题。对他们而言，性超越了传宗接代的伦理需求，超越了寻欢作乐的肉欲消遣，超越了风花雪月的爱情乌托邦，仅仅是感受自我与他者生命存在的生活方式，感悟人间真情与温暖的情感体验，乃至维护自身想法与尊严的表达。在这个过程中，身体的对等使女性获得了与男性同等的地位，相似的打工经历又使其跨越了男女性别鸿沟，共同感受生命的孤独沉郁、痛苦悲伤，塞壬的身体叙事由此实现性别、阶层的跨越，同时实现女性意识向整体生命意识的过渡跨越。

"他者"的文化透视

在《散文漫谈》中，塞壬曾表示，"散文中的'我'应该是一个泛'我'，它书写的'我'可以是他者的经验，以我向的视角来推进"。①换言之，塞壬散文叙事的主体不一定是作者本人，它可以是包括作者以外的任何人，只不过在文本中以我向的视角进行叙述。

---

① 塞壬：《奔跑者》，江苏凤凰文艺出版社，2017，第245页。

诚然，一千个人眼中有一千个哈姆雷特，不同作家对散文的理解可能迥然相异，塞壬对于散文的理解与实践也是个体认知的一种，无所谓对错优劣，我们也不必为其散文中我向视角的表达到底属于作者还是"他者"经验耿耿于怀。然而，作者关于我向与"他者"的叙事认知或许可以就叙事态度和视角提供一些思路和启示：芸芸众生中每一个人都可以构成大千世界的多彩内蕴，并成为作家创作经验的重要来源，而泛"我"生命意识的背后正是作家真诚悲悯的心态以及平民化的写作意识。

萨义德在《东方学》中谈到自我身份构建与"他者"之关系时指出，"自我身份的构建，牵涉与自己相反的'他者'身份的构建，而且总是牵涉对'我们'不同的特质的不断阐释和再阐释"。[1]可见，"他者"不仅构成反视自我形象的重要窗口，也可以构成自我文化身份构建的重要参考和依据。对于底层打工女性而言，因长期漂泊在外，主流文化的压制和资本市场的挤兑使其产生类似移民文学中的"离散"文化心态，在两种文化夹缝中生存使其在自我意识的自觉中兼具强烈的"他者"意识。

"他者"视角中的城市精英女性。《耳光》中的广东女人萨宾娜，"浑身散发着香水味、穿着黑色丝袜"，对外来妹充满了鄙夷歧视："从她那厚重的鼻音，她微微扬起的下巴和唇角的表情，她的额头那逼迫我的倾斜度，包括她的香气，我分明闻到一种气息：她瞧不起我！一个来自内地的打工妹。"[2]

---

① 爱德华·萨义德：《东方学》，王宇根译，三联书店，2007，第426页。
② 塞壬：《下落不明的生活》，花城出版社，2008，第63页。

　　　　　　　　　　　　　　　　湾区的瞻望

后面萨宾娜对"我"一系列的排挤压制，几乎可以解读为主流社会阶层对底层外来女性的排斥和蔑视。《耻》中的杨蓉是深圳一家文化传播公司的老板，不仅美貌多金，老公在珠宝界也是风云人物，她虚荣高调但不失优雅品位，因为对"我"才华的欣赏与"我"成了朋友，即便如此"我"也是小心翼翼，哪怕"隐约觉得她心事重重，但从未敢轻易开口去问"。一次出差中对方无意间暴露了被家暴的经历，后来因担心被泄密，其对"我"的态度由疏远淡漠变为打击报复，并对"我"恶言相向：诸如"穷酸、心机女、一心攀龙附凤"，甚至"丑八怪、性冷淡"等充满人格侮辱的言语攻击，暴露出与往日优雅气质截然相反的阴暗龌龊，原本所谓的友谊荡然无存，"我"在震惊和失望之余也开始反思："这还是我一直以为可以交心的、彼此只注重灵魂质量的杨蓉吗？还是长期以来她就是这么看我的。"[1]

可见，代表城市精英女性的"他者"形象，带有叙述主体明显的主观情感、思想立场、价值判断的投射。在叙述者的眼中，城市精英女性大多外表光鲜亮丽，带有居高临下的优越感。相比之下，作为底层务工女性的"我"往往黯淡无光、克制卑微，加之城市"边缘人"的状态使"我"多少带有"弱者"的自卑心理。如果说为了维持表面的和谐，前者还能保持虚伪的客套，那么在个人利益面前，前者伪善的嘴脸将被彻底撕破，进而露出毒辣阴鸷的真容，杨蓉就是典型的例子。二者的代沟与隔阂一方面凸显了"我"的辛酸无助，一方面也

---

[1] 塞壬：《下落不明的生活》，花城出版社，2008，第61页。

预示了前行之路的曲折漫长——除了物质经济的努力爬升，得到主流社会阶层的认可和尊重更是路漫漫其修远兮。当然，"他者"形象并非一成不变的固化状态，而是在不断发展变化的动态过程，随着底层打工女性自身的进步和条件地位的改善提升，其与城市精英女性的隔阂差距也将不断缩小，因而这一"他者"视角也仅作为自我身份构建的阶段参照。然而即便是阶段参照，依然可以成为底层女性身份构建的有益探索。

底层女性同胞的"他者"视角。比如办公室的同租女孩，钢铁厂的师妹小菊，还有林的情妇等，构成"我"在南方打工的同胞群像，就像《转身》中的"我"所感慨的，"多年后，我在南方的城市，看到成千上万的弱者，他们薄薄的身体，清澈如水的表情，薄薄的，一览无余的命运"。当然，同为底层打工女性，由于彼此的成长环境和生活习性千差万别，其生存境遇和命运走向也不尽相同。

《耻》中与"我"同租的几个办公室女孩，面对飞车抢劫经历，同样是年轻的身体，满身的疤痕，她们不像"我"一样感到委屈难过，甚至在宿舍脱衣服比赛展示身上的伤疤。这种身体和心灵的麻木冷酷让"我"感到震惊无奈。《漂泊、爱情及其他》中"我"在顺德公司宿舍的合租女孩，"每到一处她们都会新交上男朋友，并同居在一起。她们毫无禁忌地大声谈性，并相互交流避孕经验"[1]。"我"对此表示不解和疑惑："难道分手不会造成伤害吗？难道这种事情可以这样轻率处理？难道这些事不会给心灵蒙上阴影？"[2]事实证明"我"理

---

① 塞壬：《下落不明的生活》，花城出版社，2008，第47页。

② 塞壬：《下落不明的生活》，花城出版社，2008，第47页。

解不了她们的快乐，面对消费至上、娱乐至上的思想观念，"我"显然更倾向于传统的伦理观价值观。

还有来自农村的底层女性。作为世界工厂的东莞，在劳动力需求方面一直供不应求，"最近十年，东莞劳力严重缺失，几乎所有的工厂都是常年招人，加班费一路看涨，打工者也进入了第二代，父母、亲朋皆有在东莞打工。即使是农村出身，他们多少都受过教育，网络资讯发达，已能够独自走出乡村，可以不通过任何机构直接去工厂应聘"[1]。即便如此，对于落后地区的人们，特别是大山深处的贫困人家，进城打工依然是他们改变命运的唯一出路，且竞争激烈。《一次意外的安置》中的英子也是来参加劳务派遣公司面试的女孩，她"看上去应该不足十五岁"，虽然身形瘦削，但眼神透着一股"狠"劲，"一看就知道会有猫一样的锋利爪子"。和许多年轻女孩一样，英子准备用自己的身体作为换取进城的筹码，却因发育不良遭到劳务派遣员何三的嫌弃和拒绝，事后"我"得知英子的悲惨身世：母亲是被拐卖进山的女人，在她五岁时逃走后便杳无音信，爸爸在浙江打工，几年没回来，她本人和祖父住在一起，从七岁起被村里两个老头子性侵……"我"因此了解英子的心态和处境：为了摆脱噩梦般的现实不得不拼尽全力，甚至因误以为"我"是何三的女人对"我"有所忌惮怨恨。因无法带她进城（介绍童工是非法的），"我"只能在悲愤之余无奈离去。

《乳源手记》中的广东乳源山区女孩梅君，是"我"应

---

① 塞壬：《奔跑者》，江苏凤凰文艺出版社，2017，第201页。

邀参加的学生夏令营活动中的慰问对象。在相处的过程中，"我"发现同行的两位城里来的女学生并非真正亲近融入，而是将之当作一种猎奇的经验，表面嬉笑友好实际内心充满了鄙夷和轻蔑。懂事的梅君早已洞悉一切，她明白"没有人能真正看得起我们"，但她"不笑不怒，心境明了"。对于别人挤破了脑袋也要上的贫困户名单，梅君不以为意："我从来没有觉得我们家穷，至少，我们没有饿过肚子，我们家不穷。我父亲是一个真正的孝子，孝子怎么会穷呢？"从她坚定自信的表情和对生活的憧憬规划，"我"知道她不是生活的弱者，或者说以弱者身份自居，相反她有一颗强大坚韧的心，对生活抱有坚定的信念和追求，而不失温柔与悲悯的情怀，"我"在敬佩之余也为之欣慰感动。

概而论之，城市底层女性（如主人公"我"和钢铁厂的小菊）虽然过着漂泊不定的生活，经历挫折坎坷、孤独失落，但对生活对人生始终抱有不灭的希望和梦想，她们如同灼灼的萤火，在黑夜中照亮彼此，温暖前行。也有部分女孩（如"我"的办公室同事、宿舍的同租女孩）在商业化经济化浪潮中渐渐迷失了方向、迷失了自我，生活对于她们而言不过是游戏式体验，即便面对不公和侵害也无动于衷甚至麻木不仁，她们就像城市上空的烟火，体验了精彩刺激，见证了繁华绚丽，最终化成一缕青烟消失在寂寥的黑幕中。还有英子等来自食物链最底端的女性，她们徘徊在城与乡、生与死的边缘，走向城市、留在城市依旧是她们摆脱贫穷、改变命运的唯一途径，对于城市女性她们无疑是艳羡的、向往的，对于城市生活她们自然也是迷惘的、陌生的，然而，生活的苦难早已使她们无路可退，只能不顾一切地向前冲。于是，底层打工女性的艰辛和漂泊仿佛陷入一种宿命的轮回，这不得不引起我们的深思：如果进城注定被歧视和受伤害，那进城的意义何在？如果不进城，如何才能挣脱命运的束缚、绽放绚烂的生命之花？无疑，在现代化建设过程中，城市仍然是多数年轻人的向往地，作者也从未质疑和否定过进城的动机行为，然而，相较于物质的追求，作者显然更注重精神的自我修炼，因此，相比进与退、去与留，如何在逆境困苦中保持人格的独立，做到对真知良善的坚守，也许是底层打工女性面临的更为重要的课题和挑战。

独特的"这一个"

关于散文创作的初衷，塞壬在《别人的副刊》通过叙述者"我"表示："我写的既不是原散文，也不是传统意义的抒情散文，而是一种综合的东西，主体的我是全盘操控的，却用物与事件说话，物与事件里，满是强烈的性格，我看见，我说出，我感受，我不再单纯地讲一事一物，不再讲弄明白了什么道理，不再讲究文字的富赡，庞杂的内容，我通过叙事去完成它，我要传达出这样的信息：我的状态，我的立场，我关注着什么，我如何说出。"①

强烈的主格在场意识使塞壬的写作具有鲜明的主体自觉，然而，与传统抒情散文常以第一人称"我"展开叙述不同，塞

---

① 塞壬：《下落不明的生活》，花城出版社，2008，第80页。

壬的散文并没有固定的叙述视角，它可以是Vivan、塞壬、黄红艳等，但这并不妨碍其主体意识的表达，相反她通过这种隐匿的间接的叙述方式，将自己的心境、感受、立场、态度进行"审美的对象化"——"在这种角色的转换中，你可以看清自己与世界的关系，呈现出更丰富的自己"①，这也是在场主义散文的特质，或曰"及物的写作"。对此，评论家何平指出，"散文的及物"说到底其实是人、词与物的关系。厕身时代，散文写作者如何理解现实，多大程度上能够深入并抵达现实的核心，本质性地把握现实，进而如何以恰如其分的语言和修辞传达出来。②可以说，塞壬正是通过人、词、物（事）之间的对话书写和关系构建，实现写作者的主体表达和现实把握，其散文也由此打上了鲜明的个人和时代烙印，成为众多"打工作家"中的"这一个"。

行动的写作。从钢铁料场到工厂车间、写字楼办公室、动车车厢、东莞女人街……多年的打工经验为塞壬提供了丰富的写作素材，她曾表示，"没有广东的经历，我不可能写作，它不是影响我的写作，而是我的写作之源"③。由此我们看到塞壬散文中那些涌动的人、事、景无不是她在南方城市间行走漂泊的见闻缩影，她以实录的精神深入纷繁复杂的现实，直面"肉身和灵魂的巨大痛楚"，并以非凡的勇气魄力拨开杂芜、寻找并直抵事物的内核。因为对塞壬而言，"打工"不仅是谋

---

① 塞壬：《奔跑者》，江苏凤凰文艺出版社，2017，第250页。
② 何平：《散文的及物》，《光明日报》海外版2018年9月5日。
③ 塞壬：《奔跑者》，江苏凤凰文艺出版社，2017，第252页。

生的手段，更是生活的一部分，她不仅是打工女性的同行者，更是打工女性中的一员。因而某种程度而言，阅读这些文字就是在触摸当下一个个真实鲜活的灵魂，就是在阅览滚烫生动的南方现代化城市发展史和广东改革开放史，即使这不过是管中窥豹，但这就是真实的力量，也是散文的价值和魅力所在。

成名后，塞壬并没有因作家身份而故步自封，或者说"作家"不过是她诸多社会身份的一个，而非生命的全部，正如她自己所言，"即使我不写作，我依然是一个丰富的人，精神世界始终响亮地存在，我的主格在场，我始终在路上，在奔跑，像被火灼烧，痛得使劲奔跑，我奔向那扇只为我敞开的门"[1]。因此，即使这个奔跑的塞壬哪天出走、消失，我们也不必担心，因为她总有一天会回来——回到熟悉的生活，回到熟悉的自己。于是，在某个不经意的时刻我们看到她又出没在某个工地的现场、宿舍的角落、过道的长廊，不是去体验，不是去走秀，而是真真切切地驻扎在那里，仿佛穿上工服、回到工位，她又成为那个在南方城市漂泊穿梭的红，倔强而忧伤，悲悯而坚忍，优雅而开阔。这样的现身事先可能毫无征兆，等你看到照片或报道时才恍然大悟，然后会心一笑，因为这就是塞壬，那个永远在场，永远在思考和奔跑的塞壬。

反思与超越。如果说"在场"构成"打工文学"的重要特质，那么"在场"或言"看见"之后"说什么"更是写作者无法绕开的话题，因为这关系到散文创作的立意和指向。特别是对于底层打工者而言，在场的散文创作需要与现实的对抗搏

---

① 塞壬：《奔跑者》，江苏凤凰文艺出版社，2017，第6页。

击，以及对抗搏击后呈现的主体隐秘的心事。在一次访谈中，塞壬曾表示，"我认为，即使自处内心的地狱，即使身处人生的低谷，也要满怀希望地相信明天，也要保持内心的鲜活与爱这个世界的能力，相信爱"。可以说，"相信"不仅是塞壬度过人生低谷的精神支撑，也几乎成为她散文创作不变的母题。这是一个"由自发到自觉"的过程，"有一种明亮的、向上的力量，形而下的表达，形而上的意义"。

为此，我们看到塞壬笔下的底层女性即便遭受伤害和屈辱，也怀有悲悯和深情；即便跌入生活的谷底，也不至绝望沉郁；即便被背叛陷害，也依旧相信世界、相信爱；即便遭受诽谤非议，也能重拾对生活的信心。她们身在低处，却拥有洞见世情的深邃和智慧，她们看似柔弱，却展现了难能可贵的坚毅刚强和开阔大气。文本因此在展现惊人的深刻之余洋溢着人情美、人性美，虽然它们往往以低回忧伤的方式出现，却如一首古朴哀婉的琴曲，滋润着城市人原本焦灼干涸的心。正如塞壬所说，"在写作中，我可以摆脱一切困境，我可以成为一个更好的人"。这是写作给她的馈赠，也是她的写作给我们的收获和启示。

结语

巴柔曾说："形象是对一种文化现实的描述，通过这一描述，塑造（或赞同、宣扬）该形象的个人或群体揭示出并表明了自身所处的文化、社会、意识形态空间。"①作为中国城市化进程中的特殊群体，打工女性已然被赋予某种特定的社会文化标签，反映在"打工文学"中的底层女性形象自然也具有浓厚的社会文化意蕴。

塞壬的散文立足于中国改革开放的社会现实，结合自身多年的打工经验，对当代底层打工女性的生存境遇给予深切观照，呈现了多元丰富的底层打工女性形象：背负屈辱和伤痛的受害者、游离妥协的"失踪者"、坚忍无畏的"奔跑者"、悲悯开阔的"追梦者"。叙事特征上，作者从女性视角出发，以身体叙事为切入口，以体感叙事、性叙事等对底层打工女性的生命体验进行回望书写，并通过城市精英女性的"他者"视角和底层女性同胞的"他者"视角对底层女性的心路历程进行文化透视。可以看到，在巨大的城乡现实差距面前，初来乍到的底层打工女性往往处于"边缘人"的生活状态，加之在城市遭受的屈辱伤痛让她们难以避免地产生强烈的身份认同危机。随着与城市生活的融入，她们开始反思工业化时代城市文明对个体的异化冲击，以及个体与世界、他人和自我的关系。进入全球化后工业时代，随着打工经验的积累，物质生活条件和社会地位的不断提高，其身份意识已由外在的社会关系转向内在的自我修炼，面对不断变换的外部环境，葆有对生活的热爱和真诚，对理想的追求和希望，这无疑是一种更为纯粹的境界，这使她们能够超越社会阶层和性别差异带来的局限，从而进入一

---

① 达尼埃尔·亨利·巴柔：《形象学研究：从文学史到诗学》，载孟华主编《比较文学形象学》，北京大学出版社，2001，第202页。

种澄明的生命状态。正如鲁迅所说，无穷的远方，无数的人们，都和我有关。与此同时，在对底层打工女性生存境遇的观照中，塞壬始终带着在场的自觉，她不仅要写出与现实的对抗搏击，更要揭示对抗搏击后主体的隐秘心事，即"保持内心的鲜活与爱这个世界的能力"，这是她度过人生低谷的精神支撑，也是她散文创作的重要母题。于是，我们看到她们即便遭受伤害和屈辱，也怀有悲悯和深情；即便跌入生活的谷底，也不至绝望沉郁；即便被背叛陷害，也依旧相信世界、相信爱。她们身在低处，却拥有洞见世情的深邃智慧，她们看似柔弱，却展现了难能可贵的刚毅品格和开阔胸怀。本文从底层女性视角出发，既有对"他者"的批判、同情，也有对自我的反省、解剖，呈现出既尖锐又柔软，既冰冷又火热的审美视野，同时洋溢着浓郁的人情美、人性美，虽然它们往往以低回忧伤的方式出现，却如一首古朴哀婉的琴曲，滋润着人们焦灼干涸的心。正如塞壬所说，"在写作中，我可以摆脱一切困境，我可以成为一个更好的人。"这是写作带给她的馈赠，也是她的写作给我们的收获和启示。

时代洪流中大写的"人"

　　拂去历史积尘，文学勇士常常堪担大任。

　　陈建功先生在《寻觅被历史烟云遮蔽的潜德幽光》写道：直到读完张培忠先生的传记文学《文妖与先知》，才吃了一惊。原来先生（指张竞生）的业绩并不止于性学和风俗学方面，先生的领域还涉及美学、社会学，先生还是实绩丰厚的翻译家和散文家，先生更有参与辛亥革命、抗日救亡以及乡村建设的宝贵实践。因为这本书，使我对张竞生算是有了一个较为全面的了解。因此，谈到这部传记，我以为首先要表达我对作家张培忠的敬意……培忠先生研究张竞生、记叙张竞生，其实也是时代精神的体现……应该讴歌革命的先行者，也应该关注一切为这个民族追求过、奉献过、努力过的人。从这个角度说，《文妖与先知》是一部洋溢着时代精神的著作当不为过。

　　诚如斯言。

　　《文妖与先知》的作者不仅出于对家乡先贤的关切，更是对这段历史和一代学人的追溯、发现和反思，集思想、文化、文学、历史、美学于一体，具有题材开创性和价值引领性。作者在后记里谈到六个定论：张竞生是"一个出色的哲学家，一个重要的美学家，一个启蒙的性家学，一个杰出的社会学家，一个乡村建设运动的实践家，一个具有诗人气质的文学家"，并最后总结他是一个"具有浪漫情怀的自由知识分子"。这些基于二十年考证积累、近十年研究写作的底蕴，闪耀着自信与智慧的评价，为我们阅读与研究张竞生，提供了一个全面的视野和便捷的路径。

历史的偶然性与必然性的相遇

尊重是发现的前提、研究的基础。站在历史的角度说话，才可能揭示传记人物的某种历史偶然性与必然性的统一。

长期以来，张竞生的"性学"被片面地误解与放大，人们称其为中国性学先驱的同时，还冠以"性学博士"的头衔，一定程度与其自身的"误导"有关，在性学的讲授宣传以及"爱情定则""情人制"等大胆前卫的情爱主张方面，他把当时的传统文化与深层观念远远地抛在后面，自己成了一个独行者。尤其是《性史》的征集出版及引发的系列风波，使张竞生卷入巨大的舆论旋涡，以致在事业、人生道路上急转直下，无法挽回。

对于20世纪30年代的中国而言，《性史》的出版可谓惊世骇俗，然而它的出现有其历史的偶然性与必然性。作为北大风俗调查的一个子项目，性史征集的提议者虽为张竞生，但绝非个人行为，而是经过教授们充分讨论和集体表决，由张竞生牵头负责专项开展。经过统筹酝酿，《性史》征集启事终于在1925年冬天的《京报副刊》闪亮登场，书中援引的9项内容涉及性心理、性健康、性取向等方面共48个问题，可谓条分缕析、事无巨细。《性史》的序言也强调"这部《性史》断断不是淫书，断断是科学与艺术的书"，"这书乃以科学的方法，从种种实在的方面描写，以备供给读者研究的材料"。可见，《性史》的征集不仅有现实和理论的依据，编者的态度和出发点也是诚恳、严肃和善意的。然而，面对雪片般飞来的稿件和那些活色生香的文字，许是哲学家的浪漫天性，许是出于对事业的巨大热情，张竞生按捺不住内心的欣喜激动，迫不及待地推向社会，除了精心撰写序言和赘语，每篇后面还仿金圣叹加注点评。这本小册子甫一出版即引发广泛关注和争相抢购，不法商家趁机盗印谋求暴利。与此同时，各种质疑和指摘声纷至沓来，其中教育界的反应最为强烈，原因是不少学生偷买来看，青年男女读后更是着了魔般不能自已，南开学校校长为此还亲自草拟公函到警察厅要求查禁"淫书"，压力之下张竞生只得紧急刹车。无独有偶，此后不久由张竞生创办的《新文化》杂志就因性育通讯栏目中挑逗性的描写而受到当局责难，"美的书店"也因销售带有张竞生自创理论的性育丛书，被指控对少年儿童产生不良影响被迫关门大吉。俗话说，时势造英雄，英雄适时势。遗憾的是，屡次面临事业发展的紧要关头，张竞生不仅不懂得适时调整，还"屡仆屡起"、愈演愈烈，诚然个人性情是一方面，另外很大程度是自以为的一片公心诚心，所谓"以学问为学问，不因时论攻击而见阻"，比如《性史》序言中以正视听的自证说法，又如《新文化》受到当局责难时，张竞生不仅不以为意还编发系列文章公开讨论"淫书"的甄别标准和审查办法，结果不仅未被世人所体谅，他本人"忙碌半年，分文未取，却被一世恶名，而且人生道路从此发生逆转，以至蹉跎终生，每每陷入万劫不复的境地"。[1]

应该说，《性史》的被诬被禁被盗印皆在张竞生的预料之中（见《性史》序言），但实际后果则是他始料未及的。许是出于建立新世界、新秩序的憧憬热望，以及挣脱旧文化、旧思想束缚的迫切渴望，这位天赋异禀的中国式"凡·高"只顾一味地冲锋向前，而忽略了普罗大众的复杂性和接受度，特别是在社会大流通背景下毫无保留、狂飙突进式的禁忌突破和挑战，势必造成难以估量的系列后果，来自卫道士的口诛笔伐更不在话下。结果张竞生成功地在旧中国旧社会燃起了一把火，这让他在中国现代思想和文化史上着着实实地"火"了一把，最终也引火烧身酿成人生悲剧。这位自视甚高的骁勇战士晚年也不由得自我反省、痛定思痛：

> 反观我的《性史》第一集是什么情形呵？价钱不过三毫，人人可以买得起。况且只有性的叙述，并无科学方法的结论，当然使读者只求性的事实，而不知道哪种性史是好的，哪种是坏的了。[2]

还有一个始料未及则是来自五四新文化人士的反驳论战。自《性史》出版特别是《新文化》刊出张竞生有关性学文章后，周作人、周建人、潘光旦等文人学者对此展开了质疑批

---

[1] 张培忠：《文妖与先知——张竞生传》，生活·读书·新知三联书店，2019，第308页。

[2] 张培忠：《文妖与先知——张竞生传》，生活·读书·新知三联书店，2019，第487页。

评。周作人与张为北大同事，此前曾两度声援，后由欣赏转为质疑批评，周建人从学理的角度展开商榷，潘光旦则从社会伦理和科学理论角度予以全面系统地驳斥清算。虽然三者批评的角度、立场各有不同，但都齐齐指向张竞生诸如"丹田呼吸""性部呼吸"等缺乏理论和科学依据之性学主张。对于这些批评攻击，张竞生起初应对还算从容，渐渐据理力争，如与周建人论争时承认自己的研究含有推测成分，并指出"纵有错误尚是科学，因为推测即是科学的起点，凡科学的成立类皆推测而来也"，后来面对潘光旦的强力攻势时显然已招架不住，只得草草收兵。

张竞生的"节节败退"一方面印证了他在理论研究上的阙如，另一方面也反映其忽略了一个重要事实，即20世纪初是中国新旧文化冲突最剧烈的时代，也是新旧思想争鸣最激烈的时代，换言之任何一种新事物新思潮可以轻易地得到崭露头角的机会，但它也必须接受来自时代和大众敏感而集中的审视和检验，而这个审视和检验的其中一个重要标准就是"科学"，对此，著名学者林岗曾指出科学理性乃现代中国文化的主要精神气质之一。纵观张竞生的性学运动虽然以科学研究为出发点，但实际有些主张与做法却和"科学"精神相去甚远。比如他的"丹田呼吸""性部呼吸"等性学主张把事实与推测结合，将科学与艺术杂糅，正如潘光旦所说的"似科学而非科学，似艺术而非艺术，似哲学而非哲学"。其次是研究中掺杂着鉴赏玩味的心态，如《性史》征集要求"写得有色彩，有光芒，有诗家的滋味，有小说一样的兴趣与传奇一般的动人"，显然与客观、质朴的研究精神大相径庭。还有他认为《新文化》性育通讯栏目的一个最大亮点在于它的趣味性，科学性倒居其次。再次是广告式夸张式的鼓动宣传，诸如"给我们一个详细而且翔实的性史，我们就给你一个关于你一生性的最幸福的答案""读过本丛书一遍，胜读其余一切性书"等。以上种种使这位自诩的新文化阵营人士不自觉地走向它的对立面，成为学者、大众口诛笔伐的对象，并与开女模特裸体写生先河的刘海粟和谱写第一首流行歌《毛毛雨》词曲的作者黎锦晖一起，被称为民国"三大文妖"。

值得一提的是，论战反映了这位失败者的时代局限性，同时也引起了社会和学界的广泛关注，并一定程度推动了中国性学的研究发展乃至中国现代社会转型。事实证明，张竞生的性学主张不仅振聋发聩还具有进步意义，如爱情定则、"情人制"等在当今社会仍有广泛基础，节育优生的主张更比邵力子整整提前了一年，比马寅初整整提前了三十七年，张也被誉为中国提倡计划生育第一人，这正是先驱的远见和智慧所在。

谈及民国的"三大文妖"，李敖曾表示，"时代的潮流到底把'文妖'证明为先知者"[1]，"文妖"为时人的注解，"先知"则为后人的评价。正是在历史的必然性和偶然性的相遇中，我们得以窥见这个英雄的局限所在，这是他遭遇人生滑铁卢的桎梏症结；我们得以感受这位性学先驱不计得失、不为名利的赤子之心，这是他"虽千万人，吾往矣"的底气和力量来源；我们得以瞻望这位先知的敏锐感悟力和深邃洞察力，这

---

[1] 李敖：《由一丝不挂谈起》，转引自张培忠《文妖与先知——张竞生传》，生活·读书·新知三联书店，2019，第345页。

是他逝世半个多世纪后仍闪耀着思想光辉的魅力所在。

精神肖像的雕刻塑造

在《人文革命的先驱者》中，郭小东先生这样评述："20世纪20年代世界范围内的现代主义浪潮，是在心理学和性学研究成果的基础上得以推动的。在文学上，以鲁迅为首的中国现代作家，自觉地站到古旧中国的前沿，以其文学实践，形成了民族的脊梁与灵魂。张竞生则在人文革命方面，以其悲剧性的一生，完成了中国性学理论在旧中国的文化站立，奠基并铺垫了前行的道路，这就是先知的贡献。"

"先知的贡献"是一座精神雕像。

著名传记作家路德维希·埃米尔指出，"传记作家是从性格开始，以寻求对直觉的最后确认"①。可见，性格把握既是传记作者从事传记写作的密码，也可以成为我们解读传记作品和传主的重要路径和手段。《文妖与先知——张竞生传》正是紧紧扣住人物性格的主线，以此勾勒出传主独有的精神气质，让读者获得对传主形象的总体把握。

耿直侠义。俗话说，天上雷公，地下海陆丰。这是对潮汕人血气方刚、勇毅顽强之美好品质的一种调侃式褒扬。许是命中注定，又或是机缘巧合，张竞生出生日为"天公节"，这个

---

① 路德维希·埃米尔：《天才与性格》，李一平译，广东人民出版社，2000，第3页。

节名为农民起义军黄巾首领张角的纪念日，似乎冥冥之中也昭示了某种相似的志气取向。当然，风俗归风俗，传说归传说，人物性格的形成关键还在于自身的成长经历。由于后母的挑拨离间，张竞生自小与父亲关系紧张，长期生活在父权专制的阴影中，加上母亲斗争哲学的耳濡目染以及求学期间经历的社会不公和现实黑暗，对其性格养成影响颇深，正如文中指出的"他以后性格中的执拗、偏激、极端以及与社会的难以协调等负面倾向便与他早年的精神创伤有着深刻的联系"[①]。当然，事物发展也离不开特定环境的作用影响，执拗、偏激有时更多是耿直仗义的表征，正如其名"公室"的寓意一样，保有革命党人的担当气魄和英雄情怀。

在黄埔陆军小学就读时，张竞生就深受进步思想影响，结识了赵声、陈铭枢等师友，并与陈铭枢、邓演达等一起带头剪辫、宣传革命，后又参与饭堂改革、带头清理餐霸引发"饭厅风潮"被学校开除。在新加坡追随孙中山期间，感佩于对方的共和理想和革命意志，更加坚定了匡时济世、矢志为民的革命志向。在营救汪精卫的过程中，张竞生甘为军中马前卒，与汪夫妇结下生死之交。之后筹组同盟会京津保支部、作为南方议和团首席秘书促成南北议和等，张竞生都发挥了举足轻重的作用，被孙中山誉为"民国的功臣"，这也是他政治生涯中的高光时刻。

留法时作为中国留法学生会会长，积极奔走帮扶在法学子

---

① 张培忠：《文妖与先知——张竞生传》，生活·读书·新知三联书店，2019，第7页。

与华工。在北大参与发起非宗教同盟运动与民权运动、义助赛金花、率领家乡民众英勇抗日……我们总能看到这位文人学者在国家和民族安危大义面前的热血铁骨，当妻子问他为何要冒着杀头和坐牢的危险为共产党员担保时，张竞生表示："我看清楚了，他所做的是正义和光明的事业，我不担保谁能担保？"①正是这种大义凛然的革命本色和果敢担当的英雄气概让张竞生在中国现代社会和革命历史进程的许多重要关头、重要场合扮演着重要角色，成就一代风云人物。

坚韧精进。"坚韧精进"一词来自青年时期精神导师赵声的评价和勉励，张竞生在政治上虽未能如导师所愿大展宏图（与个人性情志向、时代背景、人生际遇等不无关系），但这种在逆境中养成的自强不息的精神状态和行事风格，为其在哲学等多个领域取得非凡成就打下坚实基础。作为民国初年首批稽勋留学生，张竞生享受财政部的专项资助，无论社会地位还是待遇条件都比勤工俭学者要优厚得多，但他从不放松懈怠，且时刻精进、刻苦研读，想尽一切办法增长学识、开阔眼界，"有学理的精研，也有实证的考察"。取得法国里昂大学哲学博士学位后，受聘北大哲学系教授，编写的教材《普遍的逻辑》堪称我国逻辑学的开山之作，至今仍有很高的学术价值。此后积极推动设立风俗调查会，在全国范围内组织大规模的"风俗调查"，在哲学系开设"风俗学"课程，无不展现严谨细致的治学精神和开拓进取的学术姿态，参与调查的顾颉刚等

---

① 张培忠：《文妖与先知——张竞生传》，生活·读书·新知三联书店，2019，第461页。

学生日后成为中国现代民俗学界的中坚力量。

历经半世浮沉，晚年的张竞生又回归哲学，且老骥伏枥、壮心不已，誓言要"继续为社会主义而奋斗到底"！年届八十先后完成了关于系统的研究《哲学系统》和关于知识论的哲学著作《记忆与意识》，自觉以辩证唯物主义立场和观点解决问题，展现了学无止境、与时俱进的精神风貌。在致《读书杂志》主编王礼锡信中，他写道："弟素好谈论，但极努力向上，'以学问为学问'，不因时论攻击而见阻，亦不因世人赞誉而骄夸，誓守学者本色，誓终身牺牲于学问而不顾及其他也。"这种坚忍不拔、锲而不舍的毅力精神，让张竞生在波云诡谲的时代风云中即便遭受诸多非议挫折，依然保持学者的本色初心，且在面临重大困难时刻能破釜沉舟，成就出色的哲学家、美学家、性学家、文学家。

务实为民。虽然年少时缺少来自家庭的温暖，但在山川大地的熏陶下，在潮州风物的滋养中，这位自然之子、农民之子也度过了美好快乐的童年时光：月光如洒的乡间小路、清凉潋滟的荔林溪、果实丰收的漫山遍野无不承载着童年的珍贵回忆，这使他养成自由奔放、不拘小节的个性同时，也培育了诚朴务实、殚精为民的美好品质。当第一次革命成功，一些新的机会摆在面前，张竞生去找孙中山，不是伸手要官，而是要求留学深造，以兹报国。在赴法邮轮上，张竞生即由一路见闻引发对中西文化差异和中国农业问题的思考，数年后在回国履职的旅途中，满怀桑梓之情的他结合多年在外的所学所思，起草了洋洋洒洒的广东施政建议书，虽然这份充满真知灼见的建议书被陈炯明弃如敝屣，但报效祖国家乡的心愿从未泯灭。

　　　　　　　　　　　　　　湾区的瞻望

生活上，张竞生倡导简约自然的生活法则，奉行经济健康的废止朝食、素食主义，撰写的《食经》《新食经》等意欲通过科学健康的饮食主张改善国民身体素质。学术上，身为留洋归国的高知，他从不倨傲骄溢，既不做埋头苦读的书呆子，更不做不谙世事的自了汉，始终坚持学术为现实、为人民服务，倡导的优生节育、"美治主义"等无不关注和立足于国计民生和现实国情。二度旅欧归国后，张竞生拒绝了陈济棠到省府任职的邀请，就是想为家乡人民做点实事。与晏阳初、梁漱溟等参与乡村社会改造的外来知识分子不同，张竞生自己盖房起屋、开荒种果，亲力亲为、自食其力，并利用自身所学结合乡村实际开展如火如荼的乡村建设运动：开公路、育苗圃、办农校，提出了征工、民库证券、名胜化组织，以及"以经济建设为中心"等在当时极具前瞻性和实际意义的建构主张。他的关于乡村建设的不少设想与今日乡村振兴战略理念不谋而合。在《广东经济建设》月刊创刊号《编者之话》中他提出，"主义是可谈的。但不如谈本地的实际问题为较少危险性及有利益。实际的事件不怕小。一件有益的小草料之发明其功劳比轰动一时之大皇帝、大专制魔王、大军阀为有益。为的一件小草之裨益于人类是无穷尽的。"出于对现实民生的强烈观照和实干务实的态度作风，张竞生以一己之躯深度参与推动中国乡村社会改革实践，为中国乡村建设事业做出了卓越贡献。

走进时代的人性幽微

被认为最具现代意识的传记作家普鲁塔克曾说过，"我纪录的不是历史，而是人类的命运。恶或善的结果并不取决于好的教养；经常是一些琐事，一句话，一次玩笑，要比经历大的运动和争斗更能显示人的性格"。作为一部对历史负责、对人物负责的传记作品，既要让传主绽放思想的光芒、精神的光辉，又要让其适时"走下神坛"，回归日常生活和现实人性的常态，才能真正走进读者内心。否则，一味地为尊者讳、为贤者讳而滥于"虚美""隐恶"，将使作品脱离"人"的基本属性，最终只能成为"传奇"，而非"传记"。

作为中国20世纪初叶思想文化界的风云人物，民国第一批留洋的哲学博士、北京大学教授、中国现代民俗学先驱、中国乡村建设运动先驱、中国性学先驱……张竞生身上有太多的头衔光环，也承载着不少曲解误读，这样的人物既不应该被妖魔化，也不应被神化和理想化，因为他只是一个人，一个有血有肉、兼具七情六欲的普通人。马克思说，人所固有的，我无不具有。因此，在完成精神塑像的同时使人物肖像进一步充实化、立体化，从而展现真实的、具体的张竞生，是对作者的心灵考验。

情感的逸事。有着"十年情场"经验的张竞生，情史自然内蕴丰富，特别是在法国留学期间的情爱经历，俨然是不可多得的谈资卖点——传主晚年就曾以此鬻文为生。对于传记作者而言，一来这是无法绕开的史实，二来处理好这个"烫手的山芋"，使之既得到如实记叙，又融贯服务于人物的整体思想和传记的总体布局，不至艳俗、媚俗，则颇费一番功夫。对此，作者从史实出发，结合西方的哲学和爱情理论进行记叙阐发，如卢梭的爱情伦理思想、瓦西列夫的《情爱论》等，使读者不仅徜徉于故事情节的动人场景，更对人物的行为动机和思想认识有了深层体认。如与瑞士少女的恋爱除了异性之间的互相吸引，更在于精神生活的探索追求，这段经历直接启发了张竞生从哲学角度探究纯粹精神生活的可能性；与女郎斯蒂芬的交往与其说是天马行空的游历奇遇，不如说是上演西方浪漫派"自然主义""感伤主义"的现实剧，女方更极力促成张竞生以卢梭学说作为哲学博士论文题目；还有与海滨女招待的同居生活和瓦西列夫关于情爱的战斗学说，与女卫生员"卫生的爱情"和卢梭式完全回归自然的"精神改造"，等等。故事的男女主角除了男欢女爱也不乏思想上艺术上的交流，如张竞生与女诗人的吟诗抒情，与瑞士少女关于世界名画名曲名著的讨论，与斯蒂芬关于浪漫派和卢梭的探讨交流。可以说，法国崇文尚情的文化氛围和现实土壤催生了这些浪漫情史，张竞生的情爱思想和哲学思想也在西方浪漫主义人文思潮和情爱实践中得到洗礼和升华，成为其日后"美的人生观"等学说的重要源泉和组成部分。

除了诗意和浪漫，作者也写出了传主在世俗婚姻中的艰辛无奈。张竞生一生经历三段婚姻，真正让张竞生倾情付出的只有后两段。在与第二任妻子褚松雪的结合中，张竞生第一次承担起作为一名丈夫和父亲的职责，也度过了一段琴瑟和谐的甜蜜时光，然而这位由自己一手提携培养起来的知识女性毕竟不耽于日常的柴米油盐，随着女方社会活动的增加，二人在感情、事业和政治上渐行渐远，家庭的纷争吵闹也随之而来，加之年幼的儿子因无人照顾经常哭闹，张竞生深切地感受到婚姻生活的疲乏苦累，因此多年以后在给儿子的书信中他不止一次提醒"断不可于数年内结婚，以免有家庭的负累"。吊诡的是，张竞生一生共育有六子，有人以为这是对张本人提出计划生育的巨大讽刺，然而，这种现实的压力以及理想和现实的巨大反差，不正印证了改革之必要和其思想理论的高瞻远瞩吗？后来与褚的决裂使他不得不独自照顾抚养两岁的儿子，成为狼狈不堪的"单亲爸爸"。

与果敢热烈的褚松雪不同，第三任妻子黄冠南既是温婉知性的大家闺秀，也是体贴能干的贤内助。遗憾的是，天妒佳偶，在突如其来的土改运动和斗争旋涡中，黄冠南虽历经艰辛独自扛起了家庭的重担，但终因无法承受精神的折磨和内心的恐惧而选择自缢，爱人的自杀无疑给这个饱经风霜的小家带来沉重打击。被蒙在鼓里的张竞生知晓后更是悲从中来，失去了生活和精神伴侣的他只能与五个儿子辗转奔波相依为命，从哲学博士到"家庭博士"，其间的辛酸苦累自是不足为外人道也，这也为大时代下的名人先驱增添了一笔厚实的人生底色。

生活的逸事。因为独特的经历和特殊的贡献，张竞生在新中国成立后被聘为广东省文史馆第一批馆员，每月享受一百三十元的工资津贴。然而好景不长，"文革"的到来打破了原本平淡且平静的学问生活。值得一提的是，与张竞生同道而行的胡适之、梁启超、李石曾、鲁迅、许广平等人，或因病早逝或离乡去国而较少卷入这场政治风暴。久作"山人"的他对现实政治避而远之，实在避不开则也不畏惧，不委曲求全，并在"战斗"中展现了过人的智慧和胆识。且看文中张竞生与红卫兵的两段精彩对话：

问："听说你的工资全县最高，农民兄弟坚决不答应，应该削减你的工资！"

张竞生："我的工资是全县最高，但那是周总理亲自定的，如果要削减，你们去找周总理。"

问："你反对毛泽东思想，恶毒攻击毛主席！"

张竞生说："我在北京大学当教授，跟李大钊是好朋友。李大钊是图书馆馆长，毛主席是图书馆管理员，我跟他们都是好朋友，毛主席不懂英文还来向我请教呢！我哪里会反对毛主席，绝无此事，不信，你去问毛主席！"①

在此，读者不难从中感受到这位特立独行的学人反应之迅速、逻辑之缜密、思维之清晰，让人不由得联想起当年他在南大学习时为曹磊石力排众议、挺身而出的场景。这次面对红卫兵的刁难，已届八十的张竞生依旧泰然处之，以子之矛攻子之盾，结果批斗会开成了张竞生的评功摆好会，主持人只能草草收场。还有那句让红卫兵摸不着头脑却自鸣得意的"别了，司徒雷登"！……这种过人的胆识和机智支撑并陪伴张竞生走过坎坷低谷，避免了一些厄运争斗，更是对所谓的揭发控诉一记有力的回击。这是长期逻辑思维训练的结果，也是对真理的执

---

① 张培忠：《文妖与先知——张竞生传》，生活·读书·新知三联书店，2019，第518—520页。

着和良善正义的坚守。于是，我们看到西装与长袍，洋楼和平房，城市和乡村，传统与现代在张竞生身上总能得到和谐的统一——这就是超脱桀骜的张竞生，也是平凡真实的张竞生。

在对张竞生的评价中，鲁迅曾悲观地将张竞生提出的一些主张之希望"推演至25世纪"，但也旗帜鲜明地把张竞生的著述称为"伟论"。鲁迅所指的"伟论"，自然远远超出个人功名的境界。鉴此，以"伟著"来评价《文妖与先知》应是不为过的：在该书的后记中，作者指出这样的写作"不计功利，不为生计，纯粹出于个人兴趣，出于一种文化自觉"。可喜的是，张培忠的努力没有白费，他以非凡的勇气、惊人的意志进行挖掘、梳理、提炼，并以过人的才气、生花的妙笔进行书写呈现，让我们有机会重新客观、具象地认识张竞生，思考其"伟论"的时代意义，也让我们在历史的回望检视中驻足反思，积蓄力量，应对未来。

湾区的瞻望

左联作家论

共情与理想：《三家巷》周炳形象新论

关于周炳的人物身份，欧阳山显然是经过精心设置的。周炳究竟属于无产阶级还是小资产阶级，欧阳山表示"希望读者根据他的思想、意识、感情、行动、语言五方面做一个综合的考虑，提出自己的意见和看法"[1]。因为周炳本身是"世袭工人"，其无产阶级身份显然是毋庸置疑的；而关于小资产阶级身份，则主要基于其小知识阶层身份而言[2]。

20世纪20年代，正值国内军阀混战，社会动乱，民不聊生，读书上学几乎成了有钱有权人的特权，大多数来自城市贫民家庭的孩子很少有接受教育的机会。相比"区家三代都没进过学堂，也都没开过蒙，没拜过孔夫子"，同样是小手工业者家庭出身的周炳，得以步入学堂并读至初中，确属罕见。周炳的读书经历前后共有两段：第一段为1919年以前的小学阶段（其间因家庭贫困有近15个月辍学做工），第二段为1921年至1926年，从小学至初中（初中毕业后虽然恢复了学籍，但文本已转向革命叙事[3]，故此不列入讨论范围）。纵观周炳的

---

① 欧阳山：《欧阳山谈〈三家巷〉》，《羊城晚报》1959年12月5日。

② 毛泽东在《中国社会各阶级的分析》中指出：小资产阶级。如自耕农，手工业主，小知识阶层——学生界、中小学教员、小员司、小事务员、小律师，小商人等都属于这一类。按照这一说法，周炳属于学生界，应归为此类。

③ 欧阳山：《三家巷》，人民文学出版社，1999，第224页。周炳虽然恢复了学籍，仍然在高中一年级念书，但是跟学校总是貌合神离，对功课根本提不起一点兴趣。

求学经历并不算长，但对其人生道路的影响无疑是深远绵长的。

高度共情的人道主义者

周炳在小说中第一次出场是1919年，正值五四运动爆发之际，也是中国社会文化转型期。虽然小说没有对这一运动或事件本身作过多铺陈叙述，但我们不难从文本中人物的叙事语境窥视当时的时代背景及社会思潮：当陈家几兄妹谈论起周炳，并讨论是否应关心帮助这个长得漂亮却时运不济的表弟时，中学生陈文雄表示："历来的伟人都是极富于同情心，富于人道主义精神的呵！"①这是小说中第一次出现"人道主义"一词。当周泉和周炳姐弟俩谈及陈文雄资助学费的义举时，周泉也忍不住称赞道："也许是由于一种同情心的驱使……也许是一个伟大的人道主义者的普通行为。"可见，人道主义已成为其时颇为盛行的一种社会文化思潮，并为广大知识青年所推崇和效仿。

19世纪中叶，在西方工业文明和列强坚船利炮的双重夹击下，中国社会迎来发展裂变，作为当时唯一的对外通商口岸——广州成为这一发展裂变的聚集地。20世纪初，随着五四新文化运动的兴起，大量西方文化思潮的译介传播为社会思潮和意识风气带来巨大冲击与影响，人道主义便是其中的一种。关于人道主义的现代话语阐释和言说可谓众说纷纭，从陈独秀

① 欧阳山：《三家巷》，人民文学出版社，1999，第16页。

的"个人本位主义"、胡适的"健全的个人主义"、周作人的"人间本位主义"到鲁迅的"尊个性而张精神",等等;不一而足。但究其核心不外乎对于"人"的发现和确立,而这一发现和确立的过程则往往绕不开共情这个话题。

从心理学的角度而言,共情乃是人最基本的情绪感知能力,从社会学的角度而言,共情则是构建社会伦理秩序的基石。换言之,一个人如果连身边的人和事都无法理解并产生情感思想上的共鸣,更何谈改造他人的思想命运乃至推动整个社会的发展变革呢?从文学的角度而言,共情又构成文学的基本功能和叙述逻辑。纵观中国历来伟大的文学作品如《红楼梦》《金瓶梅》等,无不引起人们强烈的思想和情感共鸣。可见,共情不仅构成人道主义最基础最直接的反映,也可以成为我们研究作品和人物的重要途径。

作为成长于五四时期的知识青年周炳,在哥哥姐姐的耳濡目染下,也深受人道主义思潮的浸染,高度的共情能力是其具体表现之一。比如周炳出场时虽年纪轻轻,却已表露出对周围人和事的敏锐洞察力和感知力,并具有强烈的同情心和同理心。当老师认为梅花鹿和猪一样蠢,以及"世界上不读书的人都是愚蠢的",周炳对此十分不以为然,并认为"梅花鹿是世界上最聪明、最伶俐的",而爸爸、妈妈跟大哥虽然都是没有念过书的,却并不愚蠢。不仅如此,后来他为区桃打抱不平仗义出手、为接济胡源一家铤而走险等系列"离奇"叙事,无不是共情作用的结果。在陈家当干儿子期间替使妈阿财做证,也是因为不忍心对方被辞退与抛弃:

周炳不明白怎么回事儿，见她凄凉苦楚，也就陪着她掉眼泪。哭了好大一会儿，阿财才开口说："小哥哥，你救救我！"周炳问她情由，她一面痛哭，一面诉苦。她说老爷骗了她，答应娶她做二奶奶，又想赖账。她要求周炳今天晚上替她顶证，咬定说实在有那么一回事，不然的话，陈家一定会辞掉她。要是当真辞掉她，她一定没脸见人，肚子里的小孩又没有爸爸，她准是活不成的了。周炳想，她的身世比貂蝉更加受罪，就一口答应下来，还当真陪她哭了半天。[①]

应该指出，小说中陈文雄和何守仁等知识青年也不乏人道主义式的共情和"义举"，但与周炳的共情相比则有显著区别，前者主要建立在私欲的基础上：陈文雄对周家的"仗义疏财"，实则源于对周泉的私欲，一旦周泉违背了他的意志和操控，便立刻遭受其冷酷的专制制裁，嫁入陈家后的周泉在一次对话中直言不讳："我在他们家里算什么呢？一个废物！一个影子！一个杉木灵牌！"[②]何守仁对周炳的"古道心肠"也不过为了拉拢陈文娣，后来帮助周炳恢复学籍更是换取共产党员金端下落的交换条件。相比之下，周炳则是从人性关怀的角度去体察理解，对他人的困境和苦难感同身受，并且不计回报地帮助他人，以致在现实中四处碰壁，用陈文婷的话说"是真正的人道主义者"。

值得注意的是，有论者曾将周炳的共情与阶级意识统而论

---

① 欧阳山：《三家巷》，人民文学出版社，1999，第21页。
② 欧阳山：《三家巷》，人民文学出版社，1999，第181页。

湾区的瞻望

之。不可否认，周炳为打铁工人出身，且共情的对象大多为底层劳动人民，比如同为城市小手工业者出身的区家，震南村贫农胡氏一家，以及陈家使妈、丫鬟胡杏等。但彼时周炳年幼且涉世未深，还未接触无产阶级革命理论思想，遑论阶级意识。这一点从其对陈文婷、何守礼与区桃、胡柳等人表现出一视同仁的手足亲昵即可观之。随着个人成长及革命形势发展变化，周炳与陈文雄、何守仁等人逐渐走向分化，加之"阶级论"的观点被纳入文本叙事中①，周炳还没有完成阶级思维的转变，甚至在逃难期间幻想陈文婷的相思之苦：

> 这十几二十天没有得到我的消息，不知道她会多么难过！究竟把我当作活着呢，还是死了呢？留着呢，还是跑了呢？不知道她多少晚上失眠，流了多少眼泪，咬碎了几个绣花枕头！我能够这么忍心，连字条儿都不捎个给她么？②

　　终于在给陈文婷的一次书信中，周炳因不小心暴露了地址连累大哥周金被害，在此之后，二哥周榕已认识到"阶级不同，不相为谋"，周炳却对陈文婷依旧抱有幻想和希望。这种超越阶级的共情使周炳被一些评论家归结为软弱动摇的小资产阶级知识分子：比如认为"周炳还远不是一个完美无缺的英雄人物，一个像金刚钻般坚强、明朗的无产阶级斗士，在他的心灵

---

① 欧阳山：《三家巷》，人民文学出版社，1999，第193页。周榕向陈文娣和陈文婷推荐毛泽东的《中国社会各阶级的分析》，并引发关于阶级关系的思考讨论。
② 欧阳山：《三家巷》，人民文学出版社，1999，第230页。

深处，还残留着一些小资产阶级的动摇性和感伤的情绪"①。甚至认为"周炳显然还只是一个带有不少弱点的小资产阶级的人物，而不是一个值得歌颂的无产阶级革命英雄"②。对此，欧阳山在《文学生活五十五年》中曾指出：1942年到1966年期间，作家们和艺术家们塑造的许多新的典型人物，"这些新的典型人物就是我们时代的英雄人物，他们为集体事业而献身，为集体利益（包括个人利益）而奋斗，跟妨碍集体事业前进的种种黑暗势力做斗争"，并强调"他们和群众一起和黑暗势力做斗争的时候，同时也在不断地克服自己的弱点、缺点和错误"。而"广州工人出身的知识分子"周炳也不例外，他是"一个平凡的人，一个有缺点的人"，是"一个真实的人，也是一个真正的革命工人"。③可见，对于周炳身上存在的问题和缺点，欧阳山非但没有否认，相反有着非常清晰的认识和判断，而这个认识和判断的前提则是把周炳作为中国文学艺术道路上新的典型人物进行定位塑造的，这些弱点、缺点和错误也成为人物性格发展阶段性的产物。

关于周炳转变缓慢的原因，一方面是人物阅历浮浅，对世事人情缺乏洞察历练（虽然这本身即为成长过程的一次历练），另一个也是更为主要的原因则在于共情背后对人性良善的坚守和希望："陈家没有一个好人，何家也没有一个好人，但是陈文婷、何守礼、胡杏这些，究竟是一个例外！"④

---

① 黄秋耘：《初读〈苦斗〉》，《文艺报》1963年第2期。
② 蔡葵：《周炳形象及其他》，《文学评论》1964年第2期。
③ 欧阳山：《欧阳山文选》，花城出版社，2008，第45页。
④ 欧阳山：《三家巷》，人民文学出版社，1999，第230页。

当然，这并非意味着人道主义将一直占据主导周炳的思想意识，事实证明在帝国主义的强权奴役下，在封建主义的压制剥削下，在官僚资本主义的侵占掠夺下，一味地人道主义是行不通的，毕竟"批判的武器不能代替武器的批判"，"物质力量只能用物质力量来摧毁"（马克思《〈黑格尔法哲学批判〉导言》）。正如后来周炳和周榕都因参加革命被学校开除后，周榕感慨道："这社会上怎么一点也不讲人道！"周金更直截了当："这社会上，从来没人跟咱们讲过人道。"①即便如此，我们依然能通过周炳这一时期的人道主义共情叙事，感受回望五四一代青年知识分子仁爱悲悯的真挚情感和侠骨仗义的美好品质。

可以说，正是在高度共情的人伦叙事作用下，《三家巷》摆脱了革命历史题材小说简单化阶级化的叙事逻辑，文本由此获得一种天然的抒情性和审美意识，并呈现出与"十七年"文学中被规训和改造的一类知识分子所不同的可亲可爱可信的新人形象，小说的革命叙事也因此获得一种合理性或言可能性。

感时忧国的理想主义者

关于周炳的共情难免让人联想起贾宝玉的影子，正如陈文婷认为"周炳这个人真有一股子痴心傻气，很像《红楼梦》

---

① 欧阳山：《三家巷》，人民文学出版社，1999，第203页。

里面的贾宝玉"①。但革命终究不是谈情说爱，也不是复仇宣泄，更不是集体无意识的产物，《三家巷》当然也不是《红楼梦》。早在1942年延安时期，欧阳山就已经开始创作构思，力求用艺术的笔触"描绘中国革命的来龙去脉"，以此"反映一个新的中华民族的诞生"，小说原名即为《革命与反革命》。然而，作为革命文学的《三家巷》，并没有铺天盖地、惊心动魄的革命叙事，主人公周炳直至文本二分之一篇幅仍未成为共产党员、仍未完成革命思想和身份的转变，取而代之的是"编年史式的姻亲家族叙事"，有评论家更以此将《三家巷》归列为"当代的'通俗小说'"②——这是基于小说总体叙事设置划分，本身无可非议。然而即便是在生活化风俗化的姻亲家族叙事中，我们依旧可以通过人物的成长经历觅得其精神世界的一些"草蛇灰线"。

在五四新文化运动的影响下，对知识和真理的渴慕成为广大青年的追求和向往，与此同时，伴随着民主和科学思想深入人心，救亡图存、振兴中华成为无数青年志士的共同理想和毕生夙愿。正如夏志清在评述现代中国文学时所提到的"感时忧国的精神"③。诚然，"感时忧国"并非中国现代文学的"专利"，中国文学自古有"安得广厦千万间，大庇天下寒士俱欢颜""朱门酒肉臭，路有冻死骨"的忧思爱民，以及"位卑未敢忘忧国"的爱国壮志，可见，感时忧国作为中国知识分子独特的思维模式和精神特质，以及贯穿中国文学的重要精神品

---

① 欧阳山：《三家巷》，人民文学出版社，1999，第187页。
② 洪子诚：《中国当代文学史（修订版）》，北京大学出版社，2007，第119页。
③ 夏志清：《中国现代小说史》，浙江人民出版社，2016，第517页。

质，只不过在现代文学中表现更为集中强烈（与波云诡谲的时代背景有关），在当代文学中则相对含蓄隐秘（与新中国成立后相对宽松稳定的政治环境有关）。

作为现代革命历史题材的当代小说《三家巷》，虽然没有过多革命斗争的场面叙事，但和同时期的《红旗谱》《青春之歌》等同类型题材的小说一样，本身带有无法抹去的时代印记："省港大罢工"、国民革命军北伐和广州起义等重大事件成为贯穿作品的叙事背景。小说中周榕等一批五四知识青年，虽成长于远离斗争旋涡、相对封闭自足的"典型环境"——三家巷，来自并代表不同的利益阶层，却有着其时中国知识青年的特质共识：满怀青春的热血和激情，以及对国家前途和民族命运的深度关切，并愿意为中国的富强献出自己的一切。作为中国革命历史的见证者、亲历者乃至参与者，他们是时代的佼佼者，是理想的憧憬者和守望者，更是祖国的未来和希望。欧阳山对此不仅没有予以回避或区别对待，而且毫不吝惜地赞誉和祝福：

不消说，整条三家巷是属于他们的，就是整个广州市，整个中国，哪怕说大一点，整个世界，都是属于他们的了。[①]

在《盟誓》章节中，周榕、周泉、陈文雄、何守仁、李民魁、张子豪等知识青年齐齐亮相三家巷，他们既是周炳的前辈、亲戚、邻居、学长，更是周炳除了学校、父母以外影响最

---

① 欧阳山：《三家巷》，人民文学出版社，1999，第62页。

大的人生"第一粒扣子"。当晚,他们围绕中国的出路问题高谈阔论,其思想性和深刻性让人不由得联想起《子夜》,但与《子夜》力图通过不同阶层人物的思想命运展现大时代的"全部丰富性与复杂性"不同,欧阳山可能并非意在就不同人物的观点立场一较高下,而是通过这种情感迸发、思想激荡的方式回应承续中国知识分子的理想担当与历史责任感。因此,争论最后虽没能达成一致,但他们"以天下为己任"的豪情壮志和使命担当却深深感染了周炳:

> 周炳一直坐在巷子尽头,枇杷树下那黑暗的角落里看着,听着,看得出神,也听得出神。大家都没有留意他,都把他忘记了,他自己也把自己忘记了。他对于哥哥姐姐们的这种凌云的壮志,觉着无限的钦佩。[1]

如果说《盟誓》为周炳播撒下革命理想的种子,且这种理想多少带有些浪漫主义的狂热色彩的话,那么《换帖》则把这种浪漫激情推向高潮,更平添了几分理想主义的神圣庄重。关于换帖的过程,小说不惜笔墨从选址、备物、写帖、拈阄等环节事无巨细地予以叙述,可谓满满的仪式感,文本甚至以"过于庄严,过于肃穆""动人心魄"的字眼来形容,其隆重程度几乎媲美今日的入党仪式。作为这一重要仪式的见证者,和"觉着很不舒服"的何守礼不同,周炳完全沉浸其中,以致中途被陈文婷打扰而"很不高兴",最后更学着哥哥姐姐的样子

---

[1] 欧阳山:《三家巷》,人民文学出版社,1999,第62页。

要和陈文婷换起帖来。

毫无疑问，这两段经历对周炳的影响是不容忽视的：一方面在周榕、陈文雄、何守仁等知识青年的感召下，周炳通过在青年、知识、真理、爱国与革命之间的价值建构，完成知识分子救国救民的革命道路预设：像周榕、陈文雄、何守仁等前辈一样，做一个有知识、有志气、有担当的人，为民族的解放而奋斗、为祖国的富强而献身，这也是革命青年的价值和出路所在。另一方面在理想之光的照耀下，周炳在个人情感道义与国民富强的理想抱负之间找到联结桥梁，并在"革命的美丽的前途"幻想中完成对革命定义的个人注解：

> 他爸爸周铁会增加工资，他三姨爹区华接受的皮鞋订货会忙得做不过来，他表姐区苏每天可以缩短两小时的工作时间，他哥哥周榕可以回到原来的小学里去教书，他自己可以回到中学里去念书，何家的丫头胡杏可以解放回家去种田。[①]

家国同构的理想宏愿和感时忧国的激愤忧思成为促使无数青年志士投身革命洪流的情感动力源泉。诚然，革命不是罗曼蒂克，也不是激情的狂欢盛宴。在现实这个试金石面前，原本立誓互相提携的拜把兄弟渐渐分化并走向不同的人生道路，比如李民魁、张子豪、陈文雄、何守仁等人中的一大半当了内奸和工贼，成为革命的叛徒和敌人。事实也证明，任何不切实际的幻想终将被现实的车轮无情碾压，何况是来自缺乏革命理论

---

① 欧阳山：《三家巷》，人民文学出版社，1999，第267页。

基础与实际斗争经验的知识青年乌托邦式的遥望寄托。因此，当周炳目睹何守仁、陈文雄背信弃义退出罢工委员会，便无可避免地遭受痛苦打击，以及理想与现实落差所带来的失望和挫败。即便如此，当我们时隔多年重温这段叙述，依然能被人物所展现的忧思情怀和理想抱负所深深感动，文本在温情之余也呈现一种理性反思的浪漫情怀和忧郁气质。

身体力行的社会实践者

关于知识分子与中国民主革命的关系，毛泽东曾于1939年5月撰写《五四运动》一文，并指出："在中国的民主革命运动中，知识分子是首先觉悟的成分。辛亥革命和五四运动都明显地表现了这一点，而五四运动时期的知识分子则比辛亥革命时期的知识分子更广大和更觉悟。然而知识分子如果不和工农民众相结合，则将一事无成。"在这里，毛泽东既充分肯定了知识分子在革命思想觉悟方面的先进性，同时也指出了其缺陷和不足，即容易与工农民众相脱离。据此，与工农民众相结合成为知识分子向革命者转变的重要途径，也是衡量革命青年的重要标准。

作为打铁世家出身的周炳，虽不像林道静等出身于旧式家庭的知识分子为了个人幸福要冲破封建专制家庭的藩篱，但作为以救亡图存、改造底层人民命运为己任的有志青年，要完成从知识分子到革命者的转变，则绝不能仅仅耽于幻想或抒发"苦闷和彷徨"，而势必要从相对封闭、固化的家庭学校走向更为广阔、复杂的社会环境中去，从面向家人、亲友、同学转向广大的工农民众。对于学生周炳而言，虽然期间断断续续有过辍学务工的经历，也因此结识了一些工人朋友（如南关的丘照、邵煜、马有、关杰、陶华，西门的王通、马明、杜发等），但就结合的广泛性和深入性而言显然远远不够。对此，小说巧妙地引入"舞台"叙事和"游行"叙事，让周炳在与工农大众结合的实践中，通过共情与理想的共融与抒发，推动其完成从革命的旁观者到阐释者、行动者的转变。

周炳前后有两次舞台经历，分别出演历史剧《孔雀东南飞》和现代剧《雨过天青》，且都担任男主角，彰显了一定的反抗斗争精神，但在叙述功能上却不尽相同。首先，在演出性质和人物身份设置上，第一场戏《孔雀东南飞》为学校的恳亲会演出，"上千的观众""来自广州城的各个角落，有工人，有商人，更多的还是学生"[1]；第二场戏《雨过天青》则是为"肃清内奸大运动"游行示威助威，观众均为罢工工人，具体人数虽不得而知，但按周金的说法，"十几二十万罢工工人一下子回到省城来，那衣、食、住、行的事情该多少人来办才办得通"[2]，可见观众的数量特别是工人的数量和范围比第一场更加广泛。人物身份设置上，演出第一场戏时周炳念初中二年级，是学校游艺部部长，扮演的是为反对封建专制礼教不得不为爱殉情的古代士人焦仲卿；演出第二场时区桃已经牺牲，周炳处在大病初愈阶段（主要为精神的萎靡不振），后来加入省

---

① 欧阳山：《三家巷》，人民文学出版社，1999，第105页。
② 欧阳山：《三家巷》，人民文学出版社，1999，第143页。

港罢工委员会庶务部，渐渐接触和参与罢工委员会的工作——修理皮鞋、筹备饭堂、建立宿舍、举办夜校等，扮演的是反帝反封建的进步青年工人，两场戏的人物身份和精神气质都一定程度体现了剧情和现实的同构，但结局截然不同：一个走向苦情悲剧，一个走向光明坦途，这也预示了周炳在思想认识和精神气质上的转化与飞跃。

其次，在舞台经验表现上，在演出第一场戏时，相比区桃的落落大方，周炳则显得"有点生硬，不大自然"。不难看出，欧阳山有意通过人物在舞台上的表现映射其与工农大众的结合程度：彼时周炳虽有过工人经验，身边也不乏工人朋友和贫农亲戚，但还未在思想上感情上与工农大众实现真正的结合，因此在演出时显得有些局促。相比之下，第二次演出时周炳虽不免"紧张和混乱"，但已被公认为演戏的爱好者和天赋者，当然更重要的是在工农革命的实践活动中有了更深入广泛的积累，舞台表现自然比第一次有了显著进步："他的表情是真挚和自然的，他说的每一个字都充满着仇恨，又充满着英雄气概，而从头到尾，他给人的整个印象是深沉、镇定和雄迈。"①

再次，在演出效果上，如果说第一场演出周炳还处于略逊一筹的受支配地位，那么第二场时周炳已成为主力担当，但总体而言两场戏的演出都很顺利。这一方面得益于周炳高超的共情能力，比如第一场演出时由于缺乏经验和与工农民众的结合，周炳显得比较生硬局促，但经过短暂的自我调节，周炳迅速融入人物剧情，并将五四青年追求自由与爱情的坚定执着和

① 欧阳山：《三家巷》，人民文学出版社，1999，第152页。

湾区的瞻望

对封建礼教的反抗斗争精神演绎得淋漓尽致，获得了观众的共鸣和掌声。另一方面在爱人区桃的引导鼓励下（第二场戏时区桃已牺牲，周炳只能对着区桃的小照片自我暗示鼓励），周炳得以不断克服和战胜自我（这既是爱情的力量，但引申理解为来自工人力量的精神理想鼓舞也无不可）。值得一提的是，除了共情叙事，文本还通过反向共情作为叙事补充，演出的成功也一定程度预示了周炳在工农结合道路上的巨大潜质：

他那深藏在心里的刻骨的仇恨随着他的眼光，他的字音，他的手势，甚至随着他的头发的跳跃，衣服的摆动，感染了每一个观众，使得大家跟着他愤恨起来，紧张起来，激动起来。[1]

此外，对比第一场演出主要以动作设计取胜，第二场演出则以台词出彩。最引人注目的莫过于《骂买办》的一段：

你自己想想看，你还有一丝一毫的人性没有？你为了多赚几个臭钱，就给帝国主义当走狗，当内奸，当奴才，破坏我们工人的团结，破坏你的儿女的幸福，要大家变成祖国的罪人！你要是还有一点儿人样，你能够忘记沙基大街上面的鲜血吗？你能够忘记南京路上面的鲜血吗？你能够忘记无数先烈在祖国大地上洒下的鲜血吗？回答我，回答我，回答我！你敢回答我？不，谅你也不敢！你不过是一条小虫，你不过是一缕黑烟，你不过是一片云影！我们的祖国是光明的，我们的劳工是

---

① 欧阳山：《三家巷》，人民文学出版社，1999，第152页。

神圣的，我们的事业是胜利的……①

　　这段振聋发聩的对白可谓全剧最慷慨激昂、振奋人心之处。值得注意的是，剧本是"工友们自己写的"，台词则是周炳自己编的，其中"我们工人"不仅指代剧中人物角色，也是周炳的内心自白，更代表其时整个广州乃至整个中国工人阶层的集体宣言。此时周炳不再是革命活动的旁观者、跟随者，而是具有一定实践经历和批判斗争精神的革命阐释者、行动者、主导者。小说在此通过人物的角色变化实现身份的认同转换，并在这一转换中实现人物与工农民众精神气质的深度契合。随着演出的成功，周炳也实现了从"五四精神"向无产阶级革命思想的进发。

　　如果说"舞台"叙事为人物的社会实践提供了间接经验，"游行"叙事则构成其社会实践的直接表征。在《风暴》一章中，周炳和区桃、陈文捷、陈文婷等人参加了省港大罢工游行。在这支由工人、学生、爱国市民组成的声势浩大的队伍中，作为学生的周炳在共情的作用下第一次近距离感受到了工人的力量、群众的力量："他也在人群中一面走，一面呼喊。他也听见一种粗壮宏伟的声音在自己头上回旋着，像狂风一样，像暴雨一样。他也觉着自己的手脚都添了力量，觉着自己不是一个人，而是一个'十万人'。"②与此同时，心上人区桃的不幸牺牲也让他目睹了帝国主义的血腥暴力，那个曾经凝

① 欧阳山：《三家巷》，人民文学出版社，1999，第151页。
② 欧阳山：《三家巷》，人民文学出版社，1999，第125页。

聚了所有青春、志向与爱情的美丽理想被冷酷无情的现实击得粉碎，这场几乎致命的打击更让他对人生的意义产生怀疑和思考，甚至一度陷入虚无主义的悲观绝望中。然而，人生的目的和意义究竟是什么，如何才能从理想破灭的悲痛中解脱出来，小说并没有给出现成的"解药"，欧阳山也没有急于让周炳完成思想的转变，而是让其继续在社会活动的身体力行中磨炼意志、启迪心智，进而实现由关心个人苦难向关心他人苦难、关注个人命运向关注广大底层人民命运的觉悟转变（事实证明这个过程不仅艰辛而且漫长），文本由此完成"理想破灭—社会实践—理想建构"的叙事探索，而这一"实践是认识的来源"思想也体现了欧阳山对马克思主义辩证唯物论的恪守遵循。随着社会实践的持续和深入，周炳的身体和意志也逐渐得到恢复，文本也由此前的浪漫忧郁之风渐渐走向沉实厚重，并透射出一种坚实雄浑的力量之美：

奇怪得很，他不知昼夜，不知饱饿，不知冷暖地工作着，他的身体倒反而好了，比从前更粗壮，更健康，也更英俊，更漂亮了。在半个多月的时间里，他完全变成了另外一个人。他不再感觉到悲伤和丧气，不再感觉到缥缈和空虚，也不再去追究人生到底有什么意义，只是高高兴兴，精力饱满地活动着，淹没在紧张繁忙的工作的大海里。①

---

① 欧阳山：《三家巷》，人民文学出版社，1999，第144页。

结语

　　《三家巷》创作构思始于1942年，在此前不久的1940年，毛泽东在《新民主主义论》中对中国近现代革命不同时期的领导力量作了剖析论述，并指出："五四运动时期虽然还没有中国共产党，但是已经有了大批的赞成俄国革命的具有初步共产主义思想的知识分子。五四运动，在其开始，是共产主义的知识分子、革命的小资产阶级知识分子和资产阶级知识分子（他们是当时运动中的右翼）三部分人的统一战线的革命运动。它的弱点，就在只限于知识分子，没有工人农民参加。"可见，知识分子登上中国革命历史舞台，是中国社会历史发展到一定阶段的必然结果，随着中国革命形势的发展变化，各种政治力量此消彼长，知识分子也暴露了自身的弱点缺陷，然而在历史发展进程中，知识分子占据的重要位置和发挥的重要作用却是毋庸置疑的。

　　近代以来，中国知识分子作为时代的精英、启蒙的力量、思想的先驱，是先进文化的创造者和承载者，可以说，没有现代意义的知识分子，就没有现代社会和现代文明。余英时曾在《中国知识分子论》中指出，中国近代史上一连串的"明道救世"的大运动都是以知识分子为领导主体的。戊戌变法、辛亥革命、五四运动、国民革命，其领导者主要来自知识阶层。俄国十月革命后，以李大钊、陈独秀、毛泽东为代表的中国先进知识分子，在马克思主义真理光辉的指引和探索下成立了中国共产党，极大地推动了中国革命历史进程。出生于1908年的欧阳山，7岁随着养父来到广州，因家境贫困从小过着颠沛流

　　　　　　　　　　　　　　　　　　　　湾区的瞻望

离的生活，但他天资聪慧、敏而好学，小学毕业后以入学试第一名的成绩考入广东高等师范附属师范初中①，后来在广州市立师范学校读高中时因参加革命运动被当局开除学籍，从此踏上充满传奇色彩的文学和革命之路。值得注意的是，小说主人公周炳出场时间为1919年，年仅十二岁，据此推算周炳出生年份为1907年，与欧阳山仅差一年，且童年时期同样遭遇了贫困漂泊、艰辛坎坷的人生经历和求学经历，从中我们不难看出欧阳山自身的成长印记（当然绝非欧阳山个人经验的移植复制），以及对大时代背景下中国知识分子这一群体的深切同情和回望反思，这些都构成文本独特的叙事经验。

纵观十七年文学人物长廊中的知识分子，大多为自私褊狭的利己主义者或懦弱、摇摆不定的机会主义者，其中虽不乏正面的革命者形象，但因国家意识形态的规约往往带有被规训和改造的意味（如《红豆》中的江玫、《青春之歌》中的林道静等）。相比之下，《三家巷》通过周炳知识分子身份的建构和书写，充分展示了五四一代知识青年的精神特质和理想情怀，正如李陀所说，"就绝大多数知识分子而言，在整个民主革命和新中国时期，他们并不是一生受难的可怜虫，也不只是一些被动、机械的齿轮和螺丝钉，被种种'受难史'掩盖起来的事实是：知识分子都有过浪漫的、充满理想的'参加革命'的经历，有过'建设共产主义'的激情，也有过高呼'美帝国主义是纸老虎'的豪迈和气概。这些记忆是不应被抹煞的"②。诚

---

① 胡子明：《欧阳山全传》，花城出版社，2022，第26页。
② 李陀：《丁玲不简单——毛体制下知识分子在话语生产中的复杂角色》，《今天》1993年第3期。

然，欧阳山绝不仅仅停留在对历史的刻录忆述，或是对过去的"怀旧式"迷恋，而是在"大历史""大革命"的通观视野下，以对简单化程式化的革命叙事的反拨，提供关于中国社会历史进程的思考：由中国共产党领导中国人民进行的中国革命之峥嵘岁月和光明未来，因为革命作为社会文化和生活的一部分，知识分子即为人民群众中的一员。由此我们获得中国现代知识分子更具完整性和丰富性的解读，以及充满时代未来可塑性和可能性的想象，并实现"一个新的中华民族的诞生"的理想建构——这也是小说创作的旨归之一[①]。周炳也以工人阶级和小资产阶级知识分子杂糅的特具身份，成为十七年文学人物长廊上一道亮丽迷人的风景线。

[①]　欧阳山：《欧阳山全选》，花城出版社，2008，第430页。

　　　　　　　　　　　　　　　　　　　　　　　湾区的瞻望

永远的"一代风流"

　　欧阳山作为广东左翼作家代表之一，中国现、当代文学史上"永恒的丰碑"，其代表作《三家巷》历经时代浪潮的淘洗，至今仍散发着耀眼迷人的光芒，可谓当代文学的经典传世之作。作为革命史诗"一代风流"的第一卷，小说通过三家巷中周、陈、何三个不同阶层家庭的政治、爱情、生活等纠葛，展现了一幅波澜壮阔的中国新民主主义革命时代画卷。

立体丰满的人物形象

　　回望十七年的革命历史题材小说，政治标准往往成为压倒一切的圭臬，泾渭分明的阶级立场和观点充斥其中，脸谱化的人物塑造方式大行其道。《三家巷》却别具一格，其塑造的周炳、区桃等系列人物形象内蕴丰满、个性鲜活，一直为广大读者所津津乐道，而关于主人公周炳的形象更是引发诸多关注和热议，以至于作品出版后有读者写信给欧阳山追问周炳的原型是谁，以及周炳到上海后的命运走向，可见作品在人物形象塑造上的成功。

　　周炳作为打铁工人的后代，其身上既有工人阶级的耿直、憨厚、朴素的个性，也有知识分子天真、软弱、善感的特质，他俊美的外表、璞玉一样质朴美好的内心，象征着充满力量、有着无限美好未来的无产阶级。值得注意的是，作者"既没有把周炳当作英雄，更没有把他当作理想来塑造，因此既说不到歌颂，有时还有些非议，但是同意他继续革命，把整个过程走完"①。虽然作者把真善美的种子植入其中，并成为其出入不同阶层的通行证，但周炳的成长道路并非一帆风顺。非但如此，周炳的前半生可谓吃尽了苦头：先是因目睹了"干爹"陈万利的龌龊家事而被人利用遭到排挤，后来为心上人仗义出手而被开除，继而被药店伙计诬陷成为替罪羔羊，直至为了接济贫农胡源一家而盗米被轰到街头……这一连串的遭遇打击为后续人物的命运转机埋下伏笔，颇有些古代章回体小说"先抑后扬"的意味（当然，此处的"抑"非真正意义上的贬抑，而是用人物的痴、憨、傻烘托其真善美品质的"明贬实褒"）。

在人物性格塑造上，欧阳山并不满足于既定的脸谱化程式化写作。他选择的是直面人性的真实，即承认人的复杂性和多面性。当人物的秉性与现实生活发生对抗冲突时，他选择忠于人性、忠于现实（包括社会生活规律和自然伦理秩序）的创作手法。比如周炳对于区桃、陈文婷、何守礼等人的态度并没有因为对方阶级出身的不同而有所区别，相反表现出一视同仁的手足亲昵，即使当大哥周金被捕后，二哥周榕已意识到"阶级不同，不相为谋"，周炳却依然没有完成阶级思维的转变，而是对陈文婷依旧抱有幻想和希望，并认为"陈家没有一个好人，何家也没有一个好人，但是陈文婷、何守礼、胡杏这些，

---

① 欧阳山：《三家巷》，广东人民出版社，1959，第4页。

　　　　　　　　　　　　　　湾区的瞻望

究竟是一个例外"！这种承认人性的不完美，以及人物在社会生活实践中经过不断捧打、学习、成长，最终实现自我蜕变的创作立场和方法，在当时的文艺创作中可谓一股难得的清流。关于周炳到底属于无产阶级还是小资产阶级，作者曾表示"很想听听各方面的意见"，而回顾当时我党的政治路线和文艺创作方针，或许可以给我们一些思路和启发。

1940年毛泽东发表的《新民主主义论》中，充分肯定了五四新文化运动的性质和意义，认为它是无产阶级领导的人民大众反帝反封建文化的运动。一方面肯定了知识分子作为无产阶级的一分子，另一方面也批判了知识分子自身的局限性软弱性，指出其应为建设"民族的科学的大众的文化"进行自我革命和改造的必要。结合1942年毛泽东《在延安文艺座谈会上的讲话》提出的文艺思想和路线方针，笔者以为，《三家巷》正是遵循马克思主义文艺观和毛泽东的文艺思想和创作规律，并将艺术源于生活而高于生活的理念付诸文学创作中的成果。可惜受当时"极左"文艺思潮影响，早前的一些文艺评论者并没能理解作者的用心苦心（或者说没有领会马克思主义文艺思想和《讲话》的真正主旨内涵），反而将《三家巷》视为"歪曲历史""抹煞阶级斗争""宣扬资产阶级思想"的"大毒草"，欧阳山也因此遭到不公正对待。可见，缺乏对马克思主义文艺观及无产阶级文艺思想和创作方法的正确把握——只看到人物的外在行为，却看不到人物的内在特质；只看到人物性格的次要方面，却看不到主导方面；只看到人物的阶段性特征，却看不到人物的斗争变化和贯穿其中的精神实质，这将导致对作品人物形象塑造和审美意味把握的失准错位，是值得我们深思和引以为戒的。

周炳拥有让所有人都惊叹艳羡的美貌，却绝非浪荡之人，而有着最宽厚最纯净最仁慈的心灵，能看见别人看不见的苦难，感受别人感受不到的真情。他是众人眼中痴、憨、傻的代表，但经过艰苦卓绝的磨炼成长，最终蜕变为坚毅、刚强、忠诚的无产阶级革命战士，完成了他由知识分子小资产阶级向无产阶级革命者的转变。正是这样一个平凡、真实而又可爱的男人，凝聚了中国新民主主义革命时期为民族崛起、人民解放和时代未来不懈艰苦探索、斗争甚至流血牺牲的广东人民的缩影，他的快乐与悲伤，失败与困顿，反思与坚守也是其时千千万万中国人民的情感记忆和历史记忆，周炳因此成为中国当代文学史上又一个经典人物。

除了男主人公周炳，女主人公（准确来讲应为前半部的女主人公）区桃更是长期以来被广大读者和评论家所迷恋称道的女性形象，成为无数人美好的青春记忆。著名作家莫言在央视节目《朗读者》中曾提到自己当年阅读《三家巷》的经历，当读到区桃死了的时候忍不住在课堂上哭了起来，老师问起时莫言把区（ōu）误读成区（qū），并言"区（qū）桃死了"而闹笑话，可见人物形象的巨大魅力（这也体现了作者重人物塑造多于故事情节的创作方法）。区桃出身于工人家庭，父亲是鞋匠，她本身是电话接线员，虽然出身贫寒，也没进过学堂，但无论外貌和性格都是一等一的人才，被认为长大了必定是个"生观音"，这显然寄予了作者对中国女性的审美理想。区桃不仅有脱俗出众的外表，更引人注目的是她那灵动聪慧、善解人意的巧妙心思（比如在七月七乞巧、人日皇后、学校演戏等

　　　　　　　　　　　　　湾区的瞻望

的出色表现即可观之），俨然南国佳人的代名词。作为集美貌、智慧、理想、爱情于一身的美女，区桃承载了周炳对爱情和未来的所有美好幻想，因而她的牺牲也更具有悲剧的意味，即鲁迅说的把美好的东西毁灭给别人看。当然从叙事结构来看这似乎是不可避免的事实（区桃的死成为周炳思想转变的重要转折），人物本身也因过于完美而不难看出人工斧凿的痕迹。即便如此，区桃依然不失为《三家巷》乃至中国当代文学史上一抹绚丽隽永的光彩。

除了周炳、区桃等正面人物的塑造，陈文婷、何守礼等带有反面色彩的女性角色塑造也成为《三家巷》的一大亮点和看点。特别是陈文婷作为周炳身边重要女性之一，出身于买办资产阶级家庭，从小过着优渥富裕的生活，一方面充分彰显了小资产阶级知识分子的自私和狭隘（因为其从头到尾都不是革命，还谈不上软弱和动摇），另一方面对周炳的迷恋和受其时人道主义社会思潮的影响，又使其展现出自私偏狭以外的人情味（比如对于周炳学费的资助和在区桃牺牲后对周炳的温暖热情，当然归根结底还是出于对周炳的爱恋私欲）。还有地主家庭出身的何守礼，按阶级划分也属于剥削阶级，与陈文婷不同的是，何属于三姨太所生，本身受到正室和二姨太所生孩子的压制（比如帮周炳筹钱上学受到何守义的欺侮、受周炳等人邀请参加演戏时受到何守仁的否定等），因此在自私傲慢之余又多了一份敏感叛逆，虽然在《三家巷》中何守礼年龄还小，但已显露出性格的乖张善变，人物性格也具有更多丰富性和可能性，也为后续剧情和人物性格发展埋下伏笔。

明快生动的语言风格

五四新文化运动开启了文学革命的浪潮，确立了白话文为现代文学的用语。而文学作品到底使用欧化的语言，还是大众的语言，一直是现代文学的一个争论。对此，欧阳山在文章里有过专门论述。在《文学生活五十五年》里，欧阳山提到1942年毛泽东同志《在延安文艺座谈会上的讲话》是影响他创作的一个分水岭。此前，欧阳山的创作一直使用"欧化的语言，欧化的风格，欧化的描写手法"。《讲话》从当时的政治需要出发，结合文艺界普遍面临的理论和实践困境，就文学如何与中国革命活动联系起来，文学创作如何与人民群众结合起来等一系列问题做了纲领性的阐述，明确了无产阶级文艺的立场、观点和方法，并就文学艺术规律作了精辟归析总结。可以说，《讲话》为当时的文艺界拨清了云雾，为广大文艺家指明了前进的方向和道路，其中也包括欧阳山。此后，欧阳山及时调整了自己的创作方法，包括欧化的语言风格、描写手法等，并以一种全新的观察视角投入社会生活中，尽可能地使自己的语言贴近工农兵大众，创作出为他们所看得懂、读得懂的作品，并将能为他们所接受、欣赏和喜爱作为自己的创作目标。《三家巷》等系列革命现实主义题材作品便是运用和实践无产阶级文艺思想和创作方法的成果之一，而这个成果最直接的体现，便是其明快生动的语言风格。明快，是让读者接受的第一前提；生动，是走进读者内心的基础。这二者的有机结合使欧阳山形成自己独特的叙事风格。

独具特色的地域方言。1962年，欧阳山在与《新闻业务》

记者的谈话中，首次明确地提出了他对语言的学习和运用的基本主张："古今中外法，东西南北调"，即在文学创作语言上既吸收全国各地的方言俗语，也吸收中国和外国的古典文学和现代文学的语言艺术，可谓兼容并蓄，博采众长。《三家巷》即集中体现了这一语言艺术特色，作品融合了广东话、普通话、陕北话、上海话等方言，其中以广东话特别是广东方言居多，比如"上契""出粮""打边炉""同伞不同柄"等广州俚语方言，仿佛让人一下子回到大时代广州氤氲浪漫的市井气味，感到熟悉又亲切。后来周炳来到上海，文本又出现了不少上海话叙述。这与作者早年从湖北到广州再到上海、延安等地丰富广博的人生阅历有关。通过富有地域方言特色的叙事，文本呈现出浓郁的生活气息，也大大增加了可读性和趣味性。与此同时，作者对方言的运用并非照抄直搬，而是在各地方言的基础上进行提炼加工，从而形成民族化、大众化的独特叙事风格：既体现地域特色，又兼顾全国其他地方读者的阅读理解和接受能力，这也为小说日后的风靡盛行奠定了坚实基础。

个性鲜明的人物对白。小说中陈文雄、区桃、陈文婷以及区华等人物的对白，均体现了不同的人物身份性格，可谓是"贴着人物写"的创作典范。例如写到陈万利回家与妻子陈杨氏商娶区桃时，一开始陈万利还讽刺何应元的卑鄙无耻，后来话锋一转表示要"先下手为强"，还以古人把妾侍赏给儿子为由指出"姨爹娶姨甥女儿也是有的了"，更大言不惭是"亲上加亲"，即把其虚伪丑陋的嘴脸揭露得淋漓尽致。又如皮鞋匠区华在除夕夜的一段感慨："日子这个东西，简直像老鼠。你望着它的时候，它全不动弹；可是你拧歪脸试试看，它楚鲁一下子就溜掉了。"其中"老鼠"的比喻既符合没有上过学堂的区华的文化认知，也透露其作为底层人民的艰辛无奈，还有苦中作乐的幽默悲凉，以致在场听众无不被逗笑甚至笑出眼泪。再如杨承辉问陈文雄人日节为什么还上工，陈文雄回答："我的职业是一种欧洲式的职业。人家洋大人又不讲人日、狗日，有什么办法呢？"看似无奇的日常生活对白，实则以人物对传统节日的看法隐射其资产阶级身份，这种身份认同一直贯穿人物内心始终，乃至成为影响人物命运走向的一条暗线，以致其虽然当过罢工委员会的代表，但后来还是背信弃义退出罢工委员会，因为本质还是新资产阶级做派。诸如此类极富个性的人物对白在小说中比比皆是，一幅幅栩栩如生的人物形象跃然纸上。

细致入微的场面描写。如小说写到七月初七乞巧节，是女儿的节日，也是广州的一道风俗景观，因为在那一天所有的女孩子家都要做一些奇妙精致的巧活儿拿出来乞巧。其中区桃乞巧的场面宛如爱丽丝梦游仙境般蔚然奇崛，其精细和精美程度让人叹为观止："区桃把她的细巧供物一件一件摆出来。有丁方不到一寸的钉金绣花裙褂，有一粒谷子般大小的各种绣花软缎高底鞋……罗帐、被单、窗帘、桌围，有指甲般大小的各种扇子、手帕，还有式样齐全的梳妆用具，胭脂水粉，真是看得大家眼花缭乱，赞不绝口。此外又有四盆香花，更加珍贵。那四盆花都只有酒杯大小，一盆莲花，一盆茉莉，一盆玫瑰，一盆夜合，每盆有花两朵，清香四溢。"①谷子、指甲等寻常物品，在此用来形容被单、窗帘、扇子、手帕等的袖珍小巧，可

---

① 欧阳山：《三家巷》，广东人民出版社，1997，第28、29页。

湾区的瞭望

谓别出心裁，也反映区桃精湛非凡的心思手艺。再如《人日皇后》章节中周泉、陈文娣、区桃等六位姑娘的出场亮相也别开生面：

> 周泉和陈家三个都穿着短衣长裙，有黑的，有白的，有花的，有素的，有布的，有绒的，有镶边的，有绣花的。区家两个是工人打扮，区苏穿着银灰色的秋绒上衣，黑斜布长裤，显得端庄宁静；区桃穿着金鱼黄的文华绉薄棉袄，粉红色毛布宽脚长裤，看起来又鲜明，又艳丽。
>
> 她们缓缓地走着，从远处望过去，就不觉得是一群人在走路，而是一大簇鲜妍的花儿在田基路上移动。①

鲜花与少女，无疑是最惯常的比喻手法，然而一大簇鲜花的移动则产生了视觉上的画面感和冲击感，与此同时，作为工人的区苏和区桃虽然穿着朴素的银灰色和金黄色衣服，但在色彩的巧妙搭配下显得端庄得体而不失青春靓丽，五四青年的青春活力由此获得感性的书写和表达。此外，"盟誓""换帖"等震撼感人的场面描写，无不是在以小见大中展现地域风情和时代风貌，真正是"融奇崛于平淡，纳外来于传统"。

浓郁芬芳的岭南文化特色

广东作为现代革命的策源地，具有得天独厚的地缘优势和

---

① 欧阳山：《三家巷》，广东人民出版社，1997，第99页。

绵长悠久的历史文化传统。面对这一文学富矿，如何立足广东的社会现实和历史文化资源，创作出一部讴歌大革命时期广东人民英勇无畏、献身革命的现实主义题材小说，一直是作为广东作家的欧阳山的文学自觉和使命担当。

欧阳山7岁随养父来到广东，并在此度过了人生大半时光，长期以来欧阳山在文学史中也被归入广东作家队列。《三家巷》融入了欧阳山多年的广东生活经历和体悟，凝聚了他的思想、意识、情感、记忆和认知。《三家巷》里大量广东地域文化特色的描写成为一道亮丽迷人的风景线，乃至成为读者认识广州的一扇文化窗口。著名学者陈思和曾在《难忘〈三家巷〉》中写道："我的原籍虽是番禺，却生在上海，既不会粤语也不解粤风，但这部小说的民间场景描写处处让我感到亲切，似乎回到了血缘之地。过去常听家父自得其乐地说，'当代的广东文化有三样代表：一位是唱粤剧的红线女，一部是欧阳山的《三家巷》，还有一份老少皆宜的《羊城晚报》'。"

传统民俗节日叙事。传统民俗节日描写可谓是《三家巷》的一大特色和亮点，从除夕逛花市、卖懒、七月七女儿家乞巧、人日节郊游选"人日皇后"等，构成了一幅幅鲜活生动的市井生活图。正如老巴尔扎克所说，他要写出历史家忘记写的那部历史即风俗史，作者通过广东传统节日的民俗描写展现了主流革命文学叙事以外的民间叙事，这也从某种程度反映了作者的民间意识、民间视角和民间立场。应该看到，十七年文学大多处于主流意识形态规约中，这种"边缘化"叙事在当时多少有些冒险性质，以致有评论家认为小说的社会风俗叙事冲淡了革命叙事主题，《三家巷》也因此被归为通俗小说系列。可以说，通过民俗节日的书写，小说一方面展现有别于集体美学、官方美学的斑斓绚丽的民间美学视野；另一方面，从对五四启蒙主义文学意识的沿袭来看，小说又以民间叙事、民间立场呈现出对根深蒂固的封建官僚意识形态的反拨。在二者相互作用下，小说在展现广东特色、广东精神乃至中国特色、中国气派上更具独特性和辨识性。

广府方言叙事。在《文学生活五十五年》中，作者曾表示，"作为我文学创作的土壤，我曾生活在贫困、愚昧、痛苦、屈辱的人们当中，和他们一起发愁，一起悲伤"①。童年时期贫困漂泊的生活让作者目睹与体会了世间炎凉，积累了丰富的工农生活经验，也为其日后创作反映工农大众的文学作品打下基础。仔细阅读不难发现，作者对于广东方言并非毫无选择地使用，而是着重突出表现广大底层劳动人民的生存状况和精神面貌。比如"上契"在广东话意为过继的意思，小说中意指陈家为添香火而买一个粗贱人家的孩子来养，此处则为突出周炳名为"少爷"实为"下人"的身份地位。"出粮"意为发工资，一般为打工人的惯用语，文中指周榕被学校开除后为周炳筹钱交学费而谎称发了薪水之窘迫无奈。"同伞不同柄"则意为同人不同命，小说中用来表现陈杨氏与周杨氏两姐妹虽为亲姐妹却有着截然不同的处境命运。这种使用群众语言描写下层人民生活的创作立场和观点，也反映了作者为工农兵服务的文学创作导向和途径。

标志性景物叙事。作为革命现实主义题材小说，《三家巷》固然也是虚拟的艺术，但其现实主义创作手法和大历史大

---

① 欧阳山：《欧阳山文选》第四卷，花城出版社，2008，第40页。

革命的视野角度，决定了其不像现代主义或者魔幻现实主义可以完全脱离现实的基础，相反，它要直面乃至深入现实的肌理和内核，以体现反映作为"一切社会关系的总和"的人的命运和本质。小说叙事中除了三家巷以外，人物活动地点均在广州，且多为地标性景点，如白云山、珠江、荔枝湾等，而珠江、白云山等景点更反复出现在小说的叙事中，构成鲜明的岭南地域特色。比如文本第一次描写珠江，是周炳去药铺当差时在郭标的撺掇下来到珠江边上，不由得被眼前的美景攫住，看了约莫半个时辰：

　　那秀媚的珠江，流着淡绿色的江水，帆船和汽船不停地来回走着，过江的渡船横过江心，在那帆船和汽船中间穿来穿去，十分好看。[1]

　　此时周炳还是天真无邪的孩子，因为家庭贫困，读书成绩也不好，只能在长辈的安排下到处打工游历，处于无所依靠、无拘无束的状态，因此珠江在其看来不过是和唱戏、讲古般可供欣赏游玩的事物，感觉"十分好看"。当区桃牺牲后，经历了现实的打击、理想的幻灭，面对同一景色，相隔不过半年光景，人物的心境已产生巨大变化，此时的"珠江"也蒙上了主观的灰暗色彩："他再望望那远处的珠江，只见一片灰蒙蒙的烟雾，慢慢蠕动，又像上升，又像下降，又像往前奔，又像往后退，看来十分空洞，十分臃肿。"[2]显然，这一陌生化手法

---

① 欧阳山：《三家巷》，广东人民出版社，1997，第34页。
② 欧阳山：《三家巷》，广东人民出版社，1997，第138页。

与《静静的顿河》主人公葛利高里在爱人逝去后"看见自己头顶上黑色的天空和太阳耀眼的黑色圆盘"有异曲同工之妙。类似的还有白云山的叙事：在革命前夕，周炳所在小分队坐在小木船里，白云山在他看来像巨人一般，表现的是壮士出征前的凌云壮志；革命初告捷后，白云山又变成巨人的"枕头"，人物内心的喜悦自信溢于言表。可见景物描写不仅构成人物活动的场景，更是烘托人物心境和故事情节发展的重要因素。在标志性景物的叙事作用下，《三家巷》因带有鲜明的广州印记而成为具有南方特色的红色文学经典，填补了中国当代文学反映20世纪20年代南方革命斗争的空白。

应该指出，作为小说地名——三家巷确实存在于广州的部分地名中，但并非广州某一街道的具体所指，而只是作者为小说故事发展虚构的一个典型环境。可即便是虚构，其依然具有强烈的现实比照性，按作者的话说，它是广州上百条街道特征的提炼概括，可谓大历史大时代背景下广州社会的缩影。有意思的是，有读者受小说影响真的跑到海珠路去找寻一个叫"三家巷"的地方，结果自然是寻觅无踪。这也从侧面反映作者以现实主义创作方法营造典型环境的巨大成功。

刘白羽曾高度评价欧阳山和他的《三家巷》："他完成了一部中华民族巍巍神魄凝聚的史诗，是我们社会主义文学中一部大书，也是一幅中国人民在中国共产党领导下，粉碎一个旧世界创造一个新世界的雄伟的、神圣的画卷，它有着《战争与和平》的广阔，有着《红楼梦》的旖旎。"《三家巷》是集思想性、艺术性、时代性、文学性于一体的大成之作，也为广东叙事在中国当代文学史上留下浓墨重彩的一笔。

心灵的伊甸园

　　一个没有经过专业写作训练的作家，在20世纪30年代的中国被誉为"文学洛神""民国四大才女之一"，并深受文学巨匠鲁迅的赏识与提携，被誉为"当今中国最有前途的女作家"，成为山东作家群和中国左翼作家的主将之一；一个从小叛离家庭的女孩，童年遭受了父亲的专制与虐待，只有祖父给予她包容和宠爱，成为她重要的精神和情感依托，由此促成她独特的女性意识；一个相貌平平的女子，经历过被遗弃的痛苦，也收获过刻骨铭心的真爱，有过患难时期的相濡以沫，也享受过浪漫潇洒的闲情逸致，其传奇的人生经历一直都成为世人瞩目的焦点……

　　她，就是萧红。

　　萧红的一生都在追寻，追寻爱情，追寻生命的意义，追寻精神家园……虽然寻找的结果均以失败告终，但她用自己独特的女性视角、清新秀丽的文字、散文化小说和小说化散文的笔法为我们开拓了一个心灵的伊甸园。在这里，不仅有中国东北黑土地辽阔丰茂的风土人情，也有呼兰河后花园里天真烂漫的童真岁月，还有在封建社会男权文化下涌动生发的女性意识和进步思想……这些都是萧红在坎坷的追寻与探索中留给我们的宝贵丰富的文学遗产。

一个怀抱孤独的女孩

萧红出身于封建地主家庭，由于父亲具有浓厚的封建统治阶级思想，萧红几乎从未享受过父爱的温暖，相反从小生活在父权的专制与淫威下。在萧红的眼里，父亲是贪婪的、吝啬的、无情的，甚至是"失掉了人性"的[①]，萧红更以"一只没有一点热气的鱼类，或者别的不具有情感的动物"来比喻父亲，可见父亲已成为萧红心中挥之不去的阴影，也成为其挣脱封建父权世界的强大助推力。

8岁时母亲病逝，父亲续娶，父亲的高压和冷漠加之不幸的童年遭遇让萧红在天真烂漫之余多了一份宁静与思考，思想也更为开阔成熟，这些都为其后来女性意识的自觉与觉醒奠定了基础。

1931年，萧红再次逃离家园呼兰河镇，开始艰难的探索与追求。与萧军一起的生活，是困苦并快乐着的。白天萧军外出家教赚钱，萧红在家耐心等待情郎的归来，"我向着窗子，雪片翻倒倾忙着，寂寞并且严肃的夜，围临着我"[②]。虽然生活拮据，但沉浸在爱情蜜罐中的人儿只能尝到甜蜜的滋味。通过萧军，萧红参加了许多文学社团，认识了许多左翼文人和东北青年作家，更重要的是结识了鲁迅这位对她以后创作和生活都给予极大帮助的精神导师。应该说，萧军对萧红的意义是非凡的，因为他不仅是她的爱人、亲人，更是同事、战友。和他在

---

① 萧红：《萧红散文集》，黑龙江人民出版社，1982，第1页。
② 萧红：《萧红散文集》，黑龙江人民出版社，1982，第29页。

一起，萧红有的仅是作为"小女人"的孤独。

如果要数出萧红一生中对她影响最大的三个男人，那莫过于祖父、萧军和鲁迅。祖父凝聚了她童年的美好回忆，他就像一棵擎天的大树，庇护着萧红幼小的情感与心灵，他是她的乐园，是她的港湾，他为萧红的童年带来一抹亮丽的色彩，在这爱的海洋里，萧红的天性得到无拘无束的释放。萧军则是她工作、生活与学习的引导者、陪伴者，面对天真单纯的萧红，他更像是一个充满责任感又不乏关爱怜悯的父亲。虽然二人如胶似漆，但在他面前，她更多的是依赖，是顺从。还有鲁迅，对萧红（以及萧军）也是关怀备至，不仅在精神上给予支持和鼓励，还在创作上予以大力扶持和提携，堪称文学和生命道路的贵人、恩人。因此，这三人的离去无不给萧红造成巨大的打击。正如一个独自在暗夜行走的人接连痛失了三个亲人，从此，她就真的"举目无亲"了。

爱情方面，萧红也经历了三个男人：王恩甲、萧军、端木蕻良。王恩甲是她父亲包办婚姻的对象，虽然她对于他的真实感情我们难以考据，但在萧红身怀六甲时，这个负心人却一走了之，留下她一个人在旅馆抵债……至于萧军，算得上是她的真情挚爱，两人历尽千辛万苦走到一起，却未能"执子之手，与子偕老"。后来的端木蕻良，笔者以为很大程度上是为了填补离开萧军后的情感空白，因为内心深处的孤独，使她意识到她和萧军的感情已无法修复，必须选择一个伴侣继续生活，比如，在二人的婚礼上，萧红就表示，"我对端木蕻良没有什么过高的要求，我只想过正常的老百姓式的夫妻生活。没有争吵，没有打闹，没有不忠，没有讥笑，有的只是互相谅解、爱

湾区的瞻望

护、体贴"。遗憾的是，这三段感情最终都无疾而终，最后与端木的恩怨更成为一直悬而未决的文坛公案。

可以说，童年对爱的缺失让萧红的一生都在追寻。也许一开始只是对父爱的追寻，后来这种追寻发展到一种强烈的爱的需求：父爱，情人之爱，友谊之爱，同志之爱……只是太多的爱聚焦到一个人身上变得不堪重负，恐怕十个萧军也不能填补她内心的情感黑洞。值得一提的是，由于现实所迫，萧红虽两次怀孕，却均与母亲这一角色擦肩而过，冥冥中似乎暗含了命理的安排。因此，她只能用文字来排遣抒发这种痛苦和缺憾，《生死场》《呼兰河传》中女性的情爱和生育悲剧即可见一斑。

后来她与萧军决裂，只身东渡日本，并写下了散文《孤独的生活》，长篇组诗《沙粒》，透露了其在异乡远离故土亲人的寂寞和惆怅："从前是和孤独来斗争／而现在是体验着这孤独／一样的孤独／两样的滋味。""从异乡又奔向异乡／这愿望多么渺茫／而况送着我的是海上的波浪／迎接我的是乡村的风霜。"

对萧军的思念，对故乡亲人的思念，更加重了远在千里之外的孤独感，正如萧红自己所说："我总是一个人在走路，以前在东北，到了上海后去日本，现在到重庆，都是我自己一个人走路。我好像命里注定要一个人走路似的……"

性的"原罪"意识及对传统的"突破"

萧红是土生土长的东北人，是黑土地、呼兰河孕育的"文学洛神"。虽然有两次离家的经历,但这毕竟是生于斯,长于斯的血缘之地,这使她虽早早地生发出独立自由的女性意识,但中国传统思想特别是耳濡目染的中国女性特有的吃苦耐劳、忍辱负重的精神品格已根深蒂固。比如和萧军在一起时,萧红在生活和情感上都很依赖对方,即便两人发生冲突乃至萧军拳脚相向,她依然爱他,因为萧红本身就是一个传统保守的中国女人。这种既传统又反叛的女性意识反映在萧红的作品中即为性的"原罪"意识及其对传统的"突破"。

在萧红的作品中,人、土地、家、根是紧密联系的整体。对于世世代代生活在这片土地上的东北人民来说,土地就是他们的根,家就是他们的生命之源,是他们的一切。而这里的女人早已把自己倾注其中,"性"对于她们而言也是"不由自主"的,由"性"而衍生出的生育也如同牲畜一般毫无区别,甚至在平凡中带有嘲讽、贬斥的色彩。如《生死场》中五姑姑的姐姐,其生产过程被萧红概括为"刑罚的日子":"一点声音不许她哼叫,受罪的女人,身边若有洞,她将跳进去!身边若有毒药,她将吞下去。"①产妇光着身子如同"鱼"似的在草堆上爬滚,在醉酒的男人眼里,她就是一具"死尸",这哪里是在生产,简直是在作孽!

另一方面,萧红笔下的女性又超越了传统女性被压迫被凌辱的局限性,在面对死亡和病痛时表现出常人难以想象的毅力和韧性,彰显出东北女性对于"生的坚强"与"死的挣扎"。如《生死场》中的月英本是打鱼村最美丽的女人,自从落下病

---

① 萧红:《生死场》,江苏文艺出版社,2006,第68页。

后就久卧病床不起，被丈夫遗弃，生不如死：绿色的牙齿，砖围成的被窝，被蛆虫侵蚀的下体……在这种不人不鬼的状态下，换作是其他女子，恐怕早已自寻短见了吧，然而，就是这样一个半瘫在床上的女病人仍然坚持了一年多才被抬进棺材，可以想见她们对于生的渴望和与命运搏击的坚毅。

　　王婆，本是小说中最为健硕、资历最老的农村妇女，在"罪恶的五月节"也服毒自杀。在此，作者并没有写她自杀的结果是生是死，也没有写她在临死前的挣扎与反抗，而是转向写周围的人：女儿的无家可归，小金枝的惨死，女人们的大哭……之后突然笔锋一转——"王婆能够拿着鱼竿坐在河沿钓鱼了！"①这一戏剧性的反转不免有些黑色幽默的意味，但谁又能否定背后蕴含的生活的责任和对生命的眷恋呢？毕竟在当时惨绝人寰的现实中，王婆"死有可原"，但她不能这么死去！因为她还有女儿，还有男人，还有她的家等她照顾，生活的重担、对生命的眷恋热爱将她从死亡的边缘拉了回来。后来王婆的死对丈夫赵三来说可谓晴天霹雳，"赵三去进城，突然的事情打击着他，使他怎样柔弱呵！"走在拥挤的大街上，纷嚷的菜市，"赵三他什么也没看见，好像街上的人都没有了！好像街是空街。"没有号啕痛哭或低声哽咽，只有东北汉子长久的沉默与愕然，这是一个男人在遭受巨大打击时身心的无助与悲凉。

　　可见，在萧红看来女人既是"罪人"又是"强人"，她们看似弱者却又是家庭的主心骨，看似男人的附属品实际是男人

---

① 萧红：《生死场》，江苏文艺出版社，2006，第77页。

的精神支柱，没有女人的家将不像家，男人也不像男人。这种既否定又肯定的背后是萧红对中国女性命运和处境深切的悲悯和同情，也是对她们为中国家庭做出巨大贡献和牺牲的高度肯定和赞扬。

永远"长不大"的女孩

童年时来自祖父的温暖与爱，为萧红点亮了生命之光，这使她始终保持着一颗童真的心，纵使年岁增长，在世人眼中也还像个乳臭未干的小丫头："我从来没有把她当作'大人'或'妻子'那样看待和要求的，一直把她作为一个孩子——一个孤苦伶仃、瘦弱多病的孩子来对待的。"如果说这是萧军戴着"大男人主义"有色眼镜的偏见，那么在恩师鲁迅的眼中，萧红则像个稚气未脱的小女孩："这位太太，到上海以后，好像体格高了一点，两条辫子也长了一点了，然而孩子气不改，真是无可奈何。"①

创作上，萧红也形成了不拘一格的艺术风格，无论表现形式还是思想内容都以一个"自由主义者"自居。比如其小说创作几乎没有完整的故事情节，也不同于西方的意识流小说，更无所谓"典型环境中的典型人物"……其"散文化"的笔法使其作品犹如一个女孩在图纸上的信笔涂鸦，天马行空地绘就一幅色彩斑斓的美妙图画，正如鲁迅的评价，"细致的观察和越

---

① 见鲁迅致萧军、萧红的信（1935年11月16日）。

轨的笔致，又增加了不少明丽和新鲜"。

此外，萧红小说写的大多是她熟悉的人、事和景，如《生死场》的二里半、王婆、赵三、麻面婆子；《后花园》的冯二成子、邻家的女儿、王寡妇；《旷野的呼喊》的陈公公、儿子、陈姑妈……其中人物与人物之间，人物与地域之间构成一个有机的整体，它们既是萧红写作的对象，也是中国东北的社会现实，三者相辅相成、浑然一体，构成小说亮丽的风景线。正如茅盾所说，"一些比'像'一部小说更为'诱人'些的东西：它是一篇叙事诗，一幅多彩的风土画，一串凄婉的歌谣"[①]。至于《呼兰河传》《后花园》中成片成片的景物描写，作者的感情更如"脱缰的马"一发不可收，可见童年往事在她心中的分量，当然，情感泛滥导致过多的写景状物难免让人产生视觉上的审美疲劳。

从对父爱的追寻，到女性意识的构建，再到精神家园的回归，萧红寻找的是一个心灵的归宿、情感的寄托。于是，当父爱缺失时，她转向祖父；当无家可归时，她投奔友人；当爱人离去时，她移情别恋；当孤独寂寞时，她重返故乡。虽然只有31年短暂的生命历程，但丰富的寻爱经历和不可一世的才情让萧红的生命开出了绚烂之花，且经历众多的磨砺和考验后，她仍然保持着一颗童稚的心，这使她比别人少了一份世俗与狭隘，多了一份洒脱和率真。据此，任何一种把萧红的小说看作纯粹的女性意识小说抑或反帝反封建作品的观点都将是失之偏颇的，萧红的创作是她在现实世界漂泊熔铸的血泪史，是她开

---

① 萧红：《呼兰河传》，黑龙江人民出版社，1979，第9页。

拓自我心灵伊甸园的奋斗史。她不属于狭隘的阶级斗争，也不是女权主义运动的领袖，她属于辽阔苍茫的东北大地，是"自由主义的知识分子"，是中国现代文学史上一颗永不消逝的明星。

萧红的祖父情结

在中国现代文学史上众多享有盛名的女作家中，因为同样的父爱缺失和相似的"出逃"经历，不少学者常常将萧红和张爱玲作为比较文学的研究对象。诚然，相似乃可比性的前提，而比较的落脚点在于二者的相异处，从萧红研究的角度而言，这是萧红之所以成为萧红，而不是张爱玲或其他女作家的原因所在。而提到对萧红成长影响最大的人，我们不得不提到萧红的祖父。

萧红的祖父陪伴萧红度过了一生最快乐的童年时光，如果说父亲残酷无情的虐待和压制构成了她内心的孤独和阴暗的一面，那祖父的仁慈与关爱则构筑起一片爱的天空与希望的彩虹。因此，尽管萧红日后经历了许多磨难与苦痛，她对人生还是充满希望的，她的作品不乏苦难与不幸，但字里行间却充满了同情与暖意，与张爱玲笔下病态扭曲的心理描写及犀利尖刻的文风形成鲜明对比，特别在表现北方人民"生的坚强，死的挣扎"时更是展现了强劲的生命力和感染力。

也许有的人要说，萧军是萧红的真爱，萧军才是影响萧红最大的人。但事实上，没有萧军之前，她是孤独的，有了萧军，她也是孤独的。且看郎华（萧军）外出家教的日子，萧红一个人孤寂地等待情人归来的场景，"一些纷飞的雪花从天空忙乱地跌落，有的也打在玻璃窗上，即刻就消融了，变成水珠滚动爬行着，玻璃窗被它画成没有意义、无组织的条纹。我想：雪花为什么要翩飞呢？多么没有意义！忽然我又想：我不也是和雪花一般没有意义吗？"[1]可见，萧军作为萧红重要的人生伴侣，仍然无法走进她的内心世界，成为她心灵的依靠，对此，萧军也有着清醒的认识，"我说过，我爱她；就是说我可以迁就。不过这是痛苦的，她也会痛苦。"[2]在萧军看来，爱不是相互理解，相互尊重，而是相互迁就，在他眼中，她不过是一个"被迁就"的对象。她忍受了种种的屈辱和霸道，从爱人、密友到用人、"出气包"，俨然成了他的玩偶和附属品。

也有人认为，萧红的一生是追寻父爱的过程，理由是萧红从小的父爱缺失导致其日后对父爱的期盼渴求。诚然，一个人情感的缺位失衡必然使其产生一定程度的弥补心理。事实证明，从一开始，祖父就代替父亲成为庇护萧红、宠爱萧红、满足萧红一切童心的温暖可靠的男性形象。有了祖父，我们就能理解为什么萧红无论在性格还是文字方面都稚气未脱；有了祖父，我们就能理解为什么萧红既寂寞孤独又饱含对爱的渴望；有了祖父，我们就能理解萧红作品的"散文化小说"，那个无忧无虑的"后花园"，"一篇叙事诗，一幅多彩的风土画，一

---

[1] 萧红：《萧红散文集》，黑龙江人民出版社，1982，第7页。

[2] 刘元元等：《百年婚恋》，辽宁人民出版社，2002，第77页。

串凄婉的歌谣"……

　　1929年祖父的死给萧红带来的打击无疑是巨大的。"我若死掉祖父，就死掉我一生最重要的一个人，好像他死了就把人间一切'爱'和'温暖'带得空空虚虚。"①唯一的亲人没有了，血脉联系中那种没有理由的爱与疼惜骤然间断，萧红从此无家可归。"以后我必须不要家，到广大的人群中去"②，萧红的一生也应验了这句话，虽然有过萧军，乃至写作的导师、人生的挚友鲁迅，但他们终究无法满足她内心对爱的渴望，以致情感没有依托，终日四处飘零，时常陷入对祖父爱与温暖的苦恋与追寻中，并在文字中续写生命之凄清。

　　祖父开启了萧红的智慧与灵性，遗憾的是，他给予她充满爱的世界却没有赋予她爱的能力，被遗留在人间荒漠的萧红也只能怀抱孤独，成为后花园中永远长不大的小女孩。

---

① 萧红：《萧红精选集》，北京燕山出版社，2015，第241页。
② 萧红：《萧红精选集》，北京燕山出版社，2015，第242页。

　　　　　　　　　　　　　　　　　　　　　　湾区的瞻望

萧红小说中的生存困境与思考

作为20世纪30年代东北作家群的代表作家萧红，因吸取的是"鲁门的乳汁"，其作品所蕴含的现实主义精神历来为人们所称道。和部分左翼作家不同，萧红并没有把自己完全变作时代精神的"传声筒"。除抗战叙事外，她以独特的女性视角，通过在国家民族意识、女性生命价值、生命个体价值等维度展开对人性开掘的思考和探索，呈现了从关注时代到超越时代、关注性别到超越性别、关注人性到超越人性的过程，由此抒发对"吾国吾民吾乡"命运的焦虑（如《生死场》中村民们由混沌愚昧到觉醒抗日）、对女性生存困境的揭示（如《呼兰河传》《生死场》《小城三月》）和对个体生命的终极关怀（如《后花园》《山下》《生死场》），展现了对生命态度和生命价值的哲学思考。

"吾国吾民吾乡"命运的焦虑

1931年九一八事变，中日矛盾日渐激化，时值日本军部地位上升，不久日本即走上全面侵华的道路并犯下滔天罪行，东北地区首当其冲。面对强大的外来侵略者，国民党对内高压对外实行不抵抗政策，导致中国老百姓处于内外交困的水深火热之中。1931年11月下旬，黑龙江省主要城镇相继沦陷，民不聊生。《生死场》正是在这样的背景下应运而生。

作品用了近十章的篇幅描述了世代生活在东北黑土地的农民的生存状态。与张爱玲笔下灯红酒绿的纵情男女截然不同，他们是生于斯长于斯耕于斯的淳朴勤劳的劳苦大众，同时他们也带有旧封建制度下中国人愚昧麻木的劣根性：在乡村，人和动物没什么区别，一起忙着生，忙着死。他们几乎从未思考过人生的意义，更不晓得什么是"革命""爱国主义""民族意识"，以致民族危机来临之际，他们还固执于"革命军"的争论。然而，战争毕竟是残酷的，它不会对几千年的积善积弱手下留情。落后注定要挨打，家不成家，国将不国，对于这些手无寸铁、愚昧无知的劳苦大众而言，战争无疑是灾难性和毁灭性的：惨绝人寰的"三光"政策；白色恐怖"充气针"；对革命军的搜查、杀害，日本旗替代了中国旗……以金枝为代表的社会底层的单纯善良的女子，连生存的保障都没有又谈何灵魂的慰藉？最后只有靠屈辱与羞恨才保得一副血肉之躯。

摆在中国人民面前的只有两条路："要么，被刻上'亡国奴'的烙印，被一口一口地吸尽血液，被强奸，被杀害；要么，反抗。"①一次次的血泪教训使他们意识到只有万众一心、同仇敌忾，坚守自己的家园和土地，才是唯一的出路。倔强的老王婆站起来了，"忏悔"过的赵三也站起来了，誓死不做"亡国奴"的喊声一阵高过一阵，整个乡村被震着了！"浓重不可分解的悲酸，使树叶低下头…人们一起哭向苍天

<hr>

① 萧红：《生死场》，江苏文艺出版社，2006，第109页。

了！人们一起向苍天哭泣。大群人起着号啕！"①这是一个从自发到自觉的过程，一个由蒙昧到开化的过程，也是一个民族由沉睡混沌走向觉醒屹立的标志。作者从"吾国吾民吾乡"命运出发，在民众的生、老、病、死中演绎了中国现代文学批评实践与国家民族文学的交锋，实现了"在小说的空间里与民族国家话语的对话"。正是在这个意义上，《生死场》被鲁迅称道"力透纸背"，展现了"北方人民的对于生的坚强和死的挣扎"。萧红本人也因为《生死场》奠定了其在现代中国文坛的地位。

女性生存困境的揭示

作为一位思想自觉和有着丰富情感经历的女作家，萧红始终没有忘记自己的女性身份、作家身份，她不仅对战争时代的乡村生活进行书写，更以独特的女性视角对女性命运展开观照审视，"尽管民族灾难和社会革命不断冲淡女性意识，冲刷女性话语，也尽管时代主流一再要求她着力表现社会政治意识，她始终未曾放弃对女性生命关怀和自己的女性立场"②。

一、生育的困境及父权夫权下的女性意识

女性因独特的生理结构肩负着繁衍生命的使命。在萧红的

---

① 萧红：《生死场》，江苏文艺出版社，2006，第92页。
② 黄晓娟：《雨中芭蕉——萧红创作论》，中央编译出版社，2003，第99页。

作品中，几乎所有的农村妇女都要面临生育的困境，"生育"无异于"刑罚的日子"：难产的五姑姑被人当作鱼一般赤裸在柴房里："女人忽然苦痛得脸色灰白，脸色转黄……女人横在血光中，用肉体来浸着血。"①每次生产闹惯了的麻面婆更是发出命运的咆哮："我算死在你身上了！……肚子疼死了，拿刀快把我肚子给割开吧！"②

　　如果说生理悲剧只是生育困境的能指，那么旧封建男女观念下的父权夫权则是背后所指。在封建男权社会中，女性的地位是卑下的、低贱的，她们不但要承受社会带来的阶级蔑视，还要忍受男人的鄙薄嘲弄："大肚的女人，仍胀着肚皮，带着满身冷水无言地坐在那里。她几乎一动不敢动，她仿佛是在父权下的孩子一般怕着她的男人。"③少女金枝即因为丈夫的本能冲动导致早产，她苦痛着脸色，在那里受着刑罚。女人这一伟大的创造和痛苦的牺牲没有享受到半点尊重和体恤，上帝赋予的神圣的使命竟成了女人悲剧命运的开端。

　　此外，对女性的性别歧视在生活中也几乎无处不在。《呼兰河传》里的娘娘庙，本是供人敬拜的圣地，在小说里也未能摆脱男权压制的命运：

　　"塑泥像的是男人，他把女人塑得很温顺，似乎对女人很尊敬。他把男人塑得很凶猛，似乎男人很不好。其实不对的，世界上的男人，无论多凶猛，眼睛冒火的似乎还未曾见过。""至于塑像

---

①　萧红：《生死场》，江苏文艺出版社，2006，第68页。
②　萧红：《生死场》，江苏文艺出版社，2006，第69页。
③　萧红：《生死场》，江苏文艺出版社，2006，第67页。

的人塑起女子来为什么要那么温顺，那就是告诉人，温顺的就是老实的，老实的就是好欺侮的，告诉人快来欺侮她们吧。"①

可见男人打女人是天理应该，神鬼齐一。怪不得那娘娘庙里的娘娘特别温顺，原来是常常挨打的缘故。可见温顺也不是怎么优良的天性，而是被打的结果。甚或是招打的理由。②

如此鞭辟入里的描写可谓是对封建男尊女卑思想的生动揭示和深刻批判。如果说生育本身还有女性自身的生理因素影响，那因为性别而受到的生活歧视就是典型的封建父权夫权的产物。在以男权为中心的社会里，男性有着绝对的权威，他们支配着女人的身体、灵魂和思想，使女性成为名副其实的附庸品。

乐黛云教授曾指出，女性意识应从三方面来理解：一是社会层面，从社会阶级结构看女性所受的压迫及其反抗压迫的觉醒；二是自然层面，以女性生理特点研究女性自我，如生理周期、生育、受孕等经历；三是文化层面，以男性为参照，了解女性在精神文化方面的独特处境。萧红正是从社会、自然、文化三个层面展开对底层女性生存困境的探讨，并在文化层面的高度归结了女性悲剧命运的源头：封建父权夫权的腐朽的道德观和价值观。

---

① 萧红：《萧红小说名篇》，时代文艺出版社，2000，第274页。
② 萧红：《萧红小说名篇》，时代文艺出版社，2000，第275页。

二、性的"原罪"意识

萧红小说中涉及性的描写并不多见，然而但凡"性"一出场，无一不蕴含着浓厚的悲剧意味。"性"对女性而言，仿佛天边的云朵——可望而不可即。它像毒品，一开始让人欲罢不能，随后将让当事者陷入"自食其果"的痛苦中；它仿佛鹤顶红，凡是触犯这一禁忌的女性无一例外地要受到生理上、精神上的折磨，最终走向人生命运的不归路。

《生死场》里的金枝，原本是个风华正茂的女子，因抵挡不住青春的诱惑与村里福发的侄子未婚先孕，从此被下了咒般过着噩梦一样的生活。乡里妯娌的猜测非议、母亲的恶语打骂，加之孕后身体的各种反应，让金枝彻底走向"爱情的坟墓"："金枝过于痛苦了，觉得肚子变成个可怕的怪物"，"等她确信肚子里有了孩子的时候，她的心立刻发呕一般颤嗦起来，她被恐怖把握着了"[1]。原应为幸福快乐的新生命孕育过程变成一种对无法掌控的命运的恐惧感，而这一带有原罪意识的痛苦全然加诸女性的身上，仿佛这是女性与生俱来的罪有应得的结果，这也应验了成业婶婶的话：男人不过是发情的动物。和王婆、麻面婆等其他村妇一样，婚后的金枝不过成了男人发泄兽欲和轻蔑践踏的对象。

《小城三月》是少有的正面涉及男女情爱话题的小说，文本中的翠姨是一个天真烂漫的少女，她如婴儿般对所有事情都充满了好奇心，但因为性别和家庭关系，她没有机会步入学堂，且因"父母之命，媒妁之言"无法与自己暗生情愫的堂哥

---

① 萧红：《生死场》，江苏文艺出版社，2006，第47页。

相爱，最终相思成疾，抑郁而死，堪称旧时封建包办婚姻制度下的牺牲品。更为可悲的是，翠姨直到死都是寂寞的，因为没有人知道她为什么会病，为什么会死。整个小说弥漫着一种摄人心弦的阴霾和无助，这也是封建礼教下女子尝试突破爱情禁忌的唯一结果，而这一切悲剧的源头都在于"女性"这一特殊群体，正如萧红临终前所说的，"我一生最大的痛苦和不幸都因为我是一个女人"。

三、封建制度下的人性扭曲

有论者曾指出，在萧红的眼里，女性最大的悲哀不仅仅是因为她们经历的坎坷不幸，还在于她们对这种不幸的屈从和认同。她们首先是自己成为封建伦理秩序下的牺牲品，然后又不自觉地成为这种伦理道德的捍卫者。在这杀人不见血的体制下，形成了鲁迅"看"与"被看"的二元结构，女性无意间也在充当着这一杀人工具的"帮凶"。如《呼兰河传》的小团圆媳妇，仅仅因为"长得不像团圆媳妇"——辫子太长、饭量大、个子高、身体壮，便成为众矢之的。她的婆婆为了"教导"她，把她当病人来治，在杨老太太、周三奶奶等左邻右里的"献言献策"下：偏方儿的、抽帖儿的、跳大神的一个没落下，直到巫医用大缸给团圆媳妇洗澡，这帮"看客"的心理无疑起了推波助澜的作用："于是人心大为振奋，困的也不困了，要回家睡觉的也精神了。这来看热闹的，不下三十人，个个眼睛发亮，人人精神百倍。看吧，洗一次就昏过去了，洗两次又该怎样呢？洗上三次，那可就不堪想象了。"[1]包括后来

---

[1]　萧红：《萧红小说名篇》，时代文艺出版社，2000，第353页。

的"烧草人"，因为缺少观众，婆婆也感觉失去了"意义"。整个"治病"的过程更像是一场"表演秀"，小团圆媳妇的哀号和反抗换来的不过是一次次变本加厉的惩罚与镇压。这不仅仅是对一条年轻鲜活生命的残害与扼杀，更是封建制度下对人性的反叛和颠覆！就这样，已经病入膏肓的小团圆媳妇在众人看戏般的热闹中被沸水烫了三次，一个14岁的青春少女硬是被活生生地折磨致死。

另一位女性王大姐，原本是一个人见人爱的好姑娘，被称为"兴家立业的好手"，"我"的母亲也说："我没有这么大的儿子，有儿子我就娶她，这姑娘真响亮。"[1]后来王大姐因为和磨倌冯歪嘴子"未婚同居"，遭到了来自周围所有人的人身攻击，生活顿时180度大扭转：所谓众口铄金，积毁销骨，冯歪嘴子的房东嫌她冲了"青龙白虎"要把她和出生不久的孩子撵出门，全院子的人也开始给她立传，并以讹传讹，王大姐最终不幸死去。

可见，女性在自身生理结构与夫权父权、封建礼教及由此酿成的"吃人"社会的压制下，只有死路一条。女性的悲剧是旧中国五千年顽疾之产物，纵使时代社会进步，仍然难以改变这一历史宿命。萧红作为时代最强音的书写者，对女性生存困境的揭示达到了一个理性、清晰的高度，既是对男性话语权的反拨，也是从女性本体出发寻求妇女解放的深刻思考。

---

[1] 萧红：《萧红小说名篇》，时代文艺出版社，2000，第395页。

个体生命的终极关怀

正如劳伦斯在《查泰莱夫人的情人》中所说的："不管天翻地覆，我们总得生活。"对于战火纷飞年代的人们如是，对于世代生活在黑土地上的劳苦大众更如是。沿着对人性开掘的思路，萧红在揭示女性生存困境的同时不忘展开对普罗大众的生命境遇和终极价值的思考与探索。

一、生活的担当意识

小说《山下》以林姑娘的成长为线索，在这里女性和男性一同承担着生活的重担，面对生存的压力。其中嘉陵江上的小镇与沈从文笔下的"边城"有几番相似：山是自然的山，水是自然的水，人是自然的人。因为地理的阻隔，镇上的村民形成了一个自给自足、相对封闭的体系；同时因为嘉陵江的关系，镇上的人开始和外界有了联系：一种由下江人带来的新的思想文化慢慢浸染着这座安静的小镇。

林姑娘是小镇上年轻一代善良妇女的代表。她勤劳、朴实、乖巧，"是凡母亲招呼她时，她没有不听从的"[①]。俗话说，穷人的孩子早当家，因为父亲不在身边，母亲残疾，她从小就学会分担家里的家务，与母亲过着平静、简单的生活。直到有一天，林姑娘成了下江人的帮工，在长辈们看来，"林姑娘比母亲更像大人了"[②]。她成了家中的顶梁柱，她在家中的

---

① 萧红：《生死场》，江苏文艺出版社，2006，第183页。
② 萧红：《生死场》，江苏文艺出版社，2006，第189页。

地位也渐渐凸显，母亲开始意识到她的重要性：以往林姑娘发热发冷，"母亲听了也不十分感动"，"但是这一次病，与以前许多次，或是几十次都不同了。母亲忌恨这疟疾比忌恨别的一切的病都甚"……①生活的橄榄枝招惹了同伴的忌妒："她发了疟疾不能下河担水，想找王丫头替她担一担。王丫头却坚决地站在房檐下，鼓着嘴无论如何也不肯。"②然而无论是面对下江人的优待、同乡人的羡慕还是同伴的不理解和奚落，她依然踏实勤劳、不卑不亢。

在严酷的世俗面前，没人出面帮她，生活的重担就这样落到一个弱女子身上。另一边厢，为了争取那可怜的一块多工钱，年迈的母亲经过激烈的思想斗争才鼓起诉求的勇气，结果事不如愿，还遭到了对方的无礼对待和蔑视。可见，在代表金钱和权势的下江人面前，底层人民谋生的羽翼是多么单薄，更何况是弱不禁风的女子?! 从帮工前到帮工再到辞工，不变的是一个女人"强烈的生活的愿望和工作的喜悦"③，改变的是历经人世变迁后的沉淀淡泊，以及成长过程中的无奈妥协。小说最后一句"林姑娘变成小大人了，邻居们和她的奶妈都说她"④。这是"螺旋式"的上升过程，也是一个女人由青涩走向成熟的蜕变，尽管这种成熟饱含苦涩的味道。

---

① 萧红：《生死场》，江苏文艺出版社，2006，第189页。
② 萧红：《生死场》，江苏文艺出版社，2006，第188页。
③ 萧红：《生死场》，江苏文艺出版社，2006，第195页。
④ 萧红：《生死场》，江苏文艺出版社，2006，第202页。

湾区的瞻望

二、人性美的开掘

萧红在揭示普通人的生存困境同时，对其情感世界也给予了极大的关怀。《后花园》是萧红早期的一部以平民情感历程为主线的小说，与《呼兰河传》有着密切关系，其中的主人公冯二成子被普遍认为是《呼兰河传》磨倌的原型。冯二成子年近四十，他的内心却仍和赤子一般纯真、善良。他的生活和磨坊一样简单，寂静而呆板。在此之前，他几乎处于无意识状态：一切都习惯了，一切都照着老样子，"好像他没有活过一样"[1]。

直到他遇见邻居家的女儿，平静如水的心开始泛起轻微的波动，思想也慢慢展开了羽翼。他对她的爱是卑微的，小心翼翼地，更是纯洁的，不可亵渎的："世上竟有这样谦卑的人，他爱了她，他又怕自己的身份太低，怕毁坏了她。"[2]后来邻家女儿出嫁，人物内心的波澜达到高潮：冯二成子会流泪了！他也有了莫名的悲哀！再回首路上和他同一类的人，他学会了"批评"："你们是什么也不知道……你们都白活了，你们自己还不知道……你们为了什么活着，活得那么起劲！"[3]生活到底为了什么？生活的价值在哪里，他开始疑惑，思考。对于平日习以为常的鸽子和游丝，他竟有了埋怨的情绪："鸽子你为什么叫？叫得人心慌！你不能不叫吗？游丝你为什么绕了我满脸？你多可恨！"[4]与其说冯二成子失恋了，不如说他从来

---

[1] 萧红：《生死场》，江苏文艺出版社，2006，第267页。
[2] 萧红：《生死场》，江苏文艺出版社，2006，第269页。
[3] 萧红：《生死场》，江苏文艺出版社，2006，第271页。
[4] 萧红：《生死场》，江苏文艺出版社，2006，第269页。

就没有恋爱过，他不过是被自己的真情打动，又因着这份情感与现实的相悖而悲痛欲绝。在这切肤的愉悦与感伤中，人物走向自我的觉醒与和解，世界和人生对他来说也开始有了意义。再后来冯二成子与王寡妇结婚。在成婚的当晚，"他们庄严得很，因为百感交集，彼此哭了一遍"。

人的一生除了做牛做马，就是在无声的岁月里消磨殆尽。这是东北底层大众真实的生活写照，虽不免有宿命论的悲哀，却是无争的事实。与此同时，作为普通人的他们也怀有纯洁的心灵和高尚的情操，哪怕他们常常被世事的繁杂所埋没，有时甚至连当事人也不曾发觉。庆幸的是，通过萧红的发现和书写，那些美好的心灵得到发掘呈现，蕴藏的情感得以苏醒释放，人物也真正"活"了过来。于是，冯二成子和王寡妇的结合就不再只是单纯地搭伙过日子，而是两个漂泊孤独的灵魂在寒夜中的彼此相守和依偎。二人在成婚当晚的痛哭更具有生命仪式的庄重感，它既是对过去的宣泄与告别，也蕴含着对未来的呼唤和期许。诚然，生活还在继续，一切仿佛恢复平静，又绝非原点。正如冯二成子的生活依旧艰苦，人生的苦难更是接踵而至——孩子的夭折，妻子的死去，但这些都不能将这个男人打倒，因为他的体内已经注满了男性的血气魂魄，他将成为自己生命真正意义上的主人。

结语

提到作家与人物的关系，萧红曾说"我开始也悲悯我的人物，他们都是自然奴隶，一切主子的奴隶。但写来写去，我的感觉变了。我觉得我不配悲悯他们，恐怕他们倒应该悲悯我咧"，并表示"我的人物比我高"。本着对生命的尊重和悯恤，萧红的小说叙述总体呈现平易、自然的基调，仿佛一位友人娓娓道来。与此同时，作者犹如隐藏在深处的摄影师，随着叙述的深入，人物的时代、环境、性别等"外衣"逐渐褪去，留下的是一个个饱经磨难与风霜却依然善良、正直、坚韧的灵魂。这正是伟大的中华民族得以生生不息、屹立不倒的原因所在，也是萧红小说历经时代和岁月的洗礼依然经久不衰的魅力所在。

值得注意的是，对"吾国吾民吾乡"命运的焦虑、女性生存困境揭示和个体生命的终极关怀之间并不是独立割裂的，而是相互渗透、有机统一的。如《生死场》以抗日为背景，又不乏女性悲剧命运的审美揭示；以农民对命运的挣扎为主题，又不乏生命的关怀感悟，甚至有学者认为作品主要不在写抗战，而是写生民的生、老、病、死。可以说，萧红正是在人生困境的揭示中，阐发并完善了自己的生存体验和生命哲学。作家白桦曾表示，"萧红完全用感性的、女性的、细腻的眼光，而且充满了情感来表达出她的很高的理念"。笔者以为，这"很高的理念"大概就是她"为人生"的态度吧。

自然、爱情与诗意

真实的力量

在全国脱贫攻坚总结表彰大会上，习近平总书记发表重要讲话并庄严宣布，我国脱贫攻坚战取得了全面胜利，在这个彪炳史册的人间奇迹中，各贫困乡村基层的"第一书记"构成其中的重要力量，发挥了重要作用。"全国脱贫攻坚先进个人"称号获得者陈涛同志，正是其中的优秀代表，是响应党和时代号召的积极拥护者和模范实践者。

《在群山之间》记述了陈涛同志自2015年至2017年在甘肃省冶力关镇池沟村挂职担任"第一书记"期间扎根贫困山村、心系乡亲冷暖，努力推动当地经济、文化发展的亲身实践和探索思考。该书总计16万字，分为"回望""当时""世风""青年"四部分，通过多重叙事视角展现了对现实的深度把握、对生命的深广体验、对人性的深刻审视。

个性化视角与现实的深度把握

对现实的真实把握和深度介入，历来作为"非虚构"的鲜明特质和重要表现形式。来自全国政治、经济与文化中心的陈涛，只身来到1600多公里外的冶力关镇池沟村并度过近两年时光，先不论其对于帮扶地区和人民的影响，仅就个体的生

145

理、心理而言，即具有非凡的意义。

甘南地处青藏高原东北边缘与黄土高原西部过渡地带，其中临潭县平均海拔2800多米。高原地区恶劣的气候环境和落后的经济条件成为陈涛首先要面临和适应的难题。比如落后闭塞的交通环境——从村里到县里的盘山路漫长曲折、坑坑洼洼，一不小心即可能跌入百米高的深沟；物资匮乏的生活条件——青菜很少，"啥菜都不产"就是甘南的"特产"；难以跨越的语言障碍和难以适应的生活风俗；等等。而所谓的办公和居住条件，不过是一间10平方米的小屋，一张简陋的小床、破旧的沙发和一台旧桌子就是全部"家当"，主人公"如同一个被塞入小镇的外来者，听不懂小镇的话，吃不惯小镇的食物，在很长一段时间里还适应不了小镇的天气以及当地人的思维"。

心理适应是另一个关口。挂职之前，陈涛尽管已做好迎接另一种生活的准备，但真正进入这个偏远小镇的生活，还是难以避免内心的孤苦寂寞。特别是当陪同报到的领导同事陆续返京，个体仿佛被世界遗弃，无尽的孤独感和无助感从心底泉涌出来。于是，面对唯美秀丽的自然风光，"起初还有些兴奋，但后来会越发沉默""月亮升起来了，同样升起的还有心底的一份平静的难过"。面对五岁女儿的思念和呼唤，只能对着电话以善意的撒谎安慰。这些都构成个体在现实中的独特经验感受。

短期的适应和调整过后，真正的考验才拉开帷幕。和中央国家机关不同，基层一线单位属于"神经末梢"，可谓"上面千条线，下面一根针"，工作的烦琐细碎可想而知。走村串户是必不可少的环节，每天不是在村民家，就是在赶往村民家的路上，且事无巨细都须要沟通调解，有时哪怕是鸡毛蒜皮的小事也要耗费不少时间精力，诸如搬迁、修路等重大事情更是"磨破了嘴，跑断了腿"。还有不胜其烦的统计汇报工作："经常有各种各样的报表需要填报，但是如果有一丁点的错误，就要不断地去重新填，重新报，这是一件极其辛苦的事情。"特别是脱贫攻坚的关键阶段，时间紧、任务重，加班加点更是常态。

随着工作的深入，作者还对乡村教育等当代中国农村社会发展课题进行回望反思和有益探索。经过近两年的辛苦付出和不懈努力，陈涛不仅融入适应了小镇生活，还为池沟村的发展建设特别是基础设施建设和乡村教育做出了突出贡献："为十多所乡村小学建立、完善了图书室，并提供了许多的玩具、文具、书画作品，为十余个村子建立了农家书屋，以及购置了健身器械、安装了路灯……"

当然，陈涛的工作和成就远不止于此，作为众多扶贫干部的"这一个"，陈涛的经历是独一无二的，作为千千万万扶贫干部的缩影，陈涛的事迹又极具典型性代表性：正是无数像陈涛一样奋战在贫困一线的"第一书记"的无悔付出和无私奉献，才汇聚成脱贫攻坚伟大工程的坚强力量，成就了非虚构文学更加多彩的面貌。正如评论家谢有顺所说，作者凭借极大的勇气从熟悉的环境走出去，获得了更广阔的天地和空间，其笔下所呈现的世界也获得了更开阔的书写。

平民化视角与生命的深广体验

除了"第一书记",陈涛本身是一位文学工作者、作家和评论家,多重的身份使他能够心怀敬畏,以平视甚至仰视的视角对包括自己在内的人文民俗、山川大地展开观照审视。通过与它们的相处对话,陈涛在工作、生活和学习中获得了更加深广的生命体验。

快与慢的透视。时间往往被视为衡量生命长度的重要指标,而对时间变化的感受体现了个体对世界的独特认知。特别对于长期工作、生活在国际化大都市、国家政治经济文化中心的陈涛来说,骤然来到陌生偏远的贫困小镇,空间的腾移不仅带来地域环境的变化感知,更带来时间观念的体认差异。比如文中在京的一段时间叙事:

> 早晨六时起床,六时五十分下楼,七时乘车去机场,七时四十分到达机场,九时登机,九时四十五分飞机起飞,两个小时后抵达兰州中川机场,十二时从机场出发,十七时四十分到达冶力关镇,十八时三十分入住,二十四时入睡。[①]

11个分句分别对应11个不同的时间节点,且精确到以分钟计算,而每个时间节点对应不同的行为动作,可见生活之谨严有序、精准有度,充斥着已知的快节奏。相比之下,小镇的时间叙事则呈现另一种景观:

---

① 陈涛:《在群山之间》,辽宁人民出版社,2021,第38页。

"透过枝叶与小楼下的小块天空望出去，不远处的朵朵白云，轻盈透亮，环绕山间，也不知过了多久，直到白云变得模糊，终融入灰色的天空。"①"每天都不知道吃饭的时间与地点，有时候饿了就在村民家里吃一块面点。""在村里，在镇上，永远都是未知的等待以及说走就走的安排。"②

在这里，我们几乎看不到任何关于时间的准确叙述，有的只是自然天气的描述和身体的感知反应，一切和时间有关的指向均以模糊、未知的面貌呈现，正如当地人的口头禅"就来了"有着特定的含义：可以是三五分钟，十分钟，甚至两三个小时，言说者可能还未起床，还未出门，或许还在吃饭……于他们而言，这种随心随性的状态就是生活的常态，或者说是一种生命的状态，在这一状态下的时间仿佛停滞不前，并呈现出一种慢镜头下的纵深感。显然，叙述时间的变化背后是生活状态的变化，也是身体和心理状态的改变。在由快至慢的转化中，原本刻板紧张的躯体得到休憩放松，严肃拘谨的心情变得自然愉悦，生命在松弛缓释中渐渐苏醒并悄然绽放，彰显出与此前截然不同的生机活力：

在这场旅途中，那些似乎已经印入我躯体的精确、秩序、规则等一一退场，我一点点地将早已攥紧多年的手掌伸展，并

---

①　陈涛：《在群山之间》，辽宁人民出版社，2021，第134页。
②　陈涛：《在群山之间》，辽宁人民出版社，2021，第139页。

如同浸入水中的肉桂茶在松弛中日趋饱满，逐渐沉浸在由大概、也许以及模糊主导并由此而产生的愉悦中。①

与此同时，生活也由表面的浮躁混沌进入沉潜的笃定澄明，个体最终达到与自我、世界的融通融合，因此从某种程度上说这也是生命的一种"调校"：

在甘南的这些天，我被驱使着用从未有过的耐性去体会自我、自我与他人，还有他人之间的那些困扰、纠结。我努力窥视各种情绪的真实表情，将那些在日常生活中被忽略的、被漠视的、被任性抛弃的情绪各归其位，发掘那些顺境、逆境、困境、绝境之中自我与他人的心之所在，并与之小心翼翼地对视。于是，一些事，似乎也就释然了。②

简与繁的平衡。离开繁华喧嚣的首都北京，意味着告别人声鼎沸、车水马龙的城市生活，取而代之的是简陋艰苦的农村生活环境和条件，以及长期独处的孤单寂寞，那么贫困的物质条件是否等同于贫乏单调、枯燥无味的生活呢？对此，《在群山之间》向我们展现了西北大地不一样的丰饶景象：壮美辽阔的自然美景和新鲜奇幻的见闻经历，如郎木寺的生死之旅、阿万仓的心灵之旅，热闹有趣的"浪山"经历，等等；不一而足。"在这天与地的大美之间，所有的言语不仅被视为多余，

<hr>

① 陈涛：《在群山之间》，辽宁人民出版社，2021，第9页。
② 陈涛：《在群山之间》，辽宁人民出版社，2021，第148页。

更像是一种亵渎"①。老穆萨烹煮羊肉的细节技巧，看似平平无奇其实内有乾坤，与我们的日常生活之道有着异曲同工之妙。还有各式各样的小镇故事，构成一幅瑰丽隽永、生动活泼的小镇生活图景，充满了生活的诗意和哲理。

内心的独白和隐秘的情感经历。在这个众声喧哗的时代，个体的声音往往被覆盖被淹没。对陈涛而言，没有了外力的压迫束缚，来自主体内部的精神探寻和思考成为每日的必修课，构成另一种繁复的精彩。"脱离北京熟悉轨道，一下子扎入最基层的西部山村，面对新的职务与身份，我时常问自己我要做什么、我该做什么、我该如何去做。"②于是，我们看到那些涌动的欢欣、振奋、苦闷、哀愁、忧伤等情绪，伴随着关于生命、存在、自我的探索思考等，俨然交织成当代中国知识分子心灵史的缩影。在此期间，陈涛还经历了奶奶的病危，对女儿的思念等，在生与死、聚与离的纠葛中，生发出对生命更深的感悟和思考：如对逝去的岁月和故地的怀念，对身边人的爱和珍惜，"关于好与坏、黑与白、常与变，有了更多义的理解"。这让陈涛一方面在简与繁的辩证统一中逐渐走向生命的自洽和谐，即"穿透生活的表面，学会在生活的内部去生活"，另一方面在简与繁的对立转化中找到新的平衡，从而实现对自我、他人以及世界新的体认："的确，人生在世，真正需要的东西并不多。所以，我才会对自己越来越苛刻，对外在的世界，反而变得宽容，努力在对虚荣、自负与自以为是的躲

---

① 陈涛：《在群山之间》，辽宁人民出版社，2021，第147页。
② 陈涛：《在群山之间》，辽宁人民出版社，2021，第27页。

闪中永怀一份天真。"①

平等和谦卑的张力。文本中反复提及的两棵高大的核桃树，是陈涛最忠实的"朋友"：白天，它供人欣赏、任人采撷，繁盛的果实带给人收获的喜悦和分享的快乐；夜里，果实坠落地面发出悦耳清脆的声响；梦里，被风吹过的声响化作天地间最美妙的声音。小屋里朝夕相处的绿植，原本已近衰败枯萎，在陈涛的悉心呵护和照料下竟然起死回生，堪称生命的奇迹，且在一次意外受伤后经过陈涛的养护又焕发出新的生机。还有梅桩、掇只、石瓢、建盏等各式各样的茶壶，"在无数个深夜里，我们互相凝视，在孤独中，我们互相诉说，在陪伴中，壶身日趋透润，盏内五彩斑斓，它们如同我最亲近的朋友，以这种方式陪我见证并记录了这段时光"②。如此种种，皆构成陈涛笔下独具魅力的生命体，闪耀着生生不息的光辉。

在与这些生命体相处对话的过程中，一方面，由现代文明加诸人的固有条框和枷锁开始瓦解，以往高高在上的人的主体性逐渐弱化减退，即"类似于小说中的那个全知全能的视角丧失了"，在自然万物面前，人不过是和其他生命体一样平等独立的存在。另一方面，人与周遭的一切构成了一个更大的生命场，并在八分之七的未知和可能的探索驱动下，萌生出对生活的虔诚和敬畏之心："记不得从哪天开始，突然丧失掉对生活这份言之凿凿的自信，是生活教会了我谦卑。面对每天发生的生活事件与他人的言行，我不再像之前那样轻易断言，并以一

---

① 陈涛：《在群山之间》，辽宁人民出版社，2021，第174页。

② 陈涛：《在群山之间》，辽宁人民出版社，2021，第6页。

种言之凿凿的姿态。"①于是，往日风光气派的佛祖也显露出慈悲仁爱的神韵，原本破旧不堪的小屋有了"斯是陋室，惟吾德馨"的温情，看似脆弱的草木也具有了顽强的生命意志。

可以说，正是在平民化视角的观照下，平常的生活充满了张力和活力，平凡的事物蕴藏着诚朴和希望，平实的叙述饱含悲悯和深情。正如陈涛所言"不仅要做到'身入''心入'，更要最终达到'情入'"，文本所呈现的生命体验也获得了更加深远的抵达。

内省化视角与人性的深刻审视

对人性的关注和思考向来是作家的重要职责所在，而农村乡土既是人类繁衍生息的土壤，也是现实人性展示的舞台。对此，作者通过内省化的视角，对不同事件中的人物进行刻画剖析，挖掘揭示了复杂的人性，展现了难能可贵的自省和超越意识，体现了陈涛作为当代中国知识分子的忧思情怀和责任担当。

自省。文本记述了陈涛在扶贫期间的几次事件经历，虽所涉篇目不多（约不超过四分之一），却展现了五味杂陈的人性百态。如《修道》中马大爷家的拆建补偿方案原已谈妥，且是按照最高补偿标准额外增加补偿金额，但其儿子仍嫌补偿太少提出异议，并以全家享受低保待遇、用自己家别的土地置换村里的宅基地等无理条件妨碍谈判。《山上来客》中的女村民，在镇政府办事时误拿了镇干部的钱，当对方上门讨回时拒不承

---

① 陈涛：《在群山之间》，辽宁人民出版社，2021，第10页。

认，几经沟通才勉强退还，后来竟以办公室没有摄像头为由企图追回本不属于她的五百元钱，其儿子儿媳还因此到镇政府接连闹事。再如《芒拉乡死亡事件》中的羊得才，因不满低保调整的公选结果，竟然在寒夜中将母亲遗弃至乡政府门口致其死亡，并以此为威胁提出谈判条件，后来相传这是羊得才和媳妇合谋毒害的结果，虽然最终没有得到证实，但其在母亲病危期间的怠慢推脱已让人发指，等等；无不体现人性的贪婪扭曲。与此同时，乡镇干部在此过程中的辛苦无奈和辛酸委屈也展现得淋漓尽致，比如没有过错但仍遭到领导训斥的燕子，在闹事群众前被迫妥协求全的犁泰，愤慨难当却不得不隐忍克制的刘副镇长等。他们既是秉公执法的公务人员，也是有血有肉有情有义的普通人，有的还是生于斯长于斯耕于斯的本地人，在处理村民矛盾纠纷时，面对形形色色的村民，既要依法依规不偏不倚，也要面对情感与理智的拷问和权衡，这也从侧面反映出扶贫工作的艰辛和不易。

超越。值得注意的是，文本既揭示刻画了复杂人性，还对人性的根源和本质进行了深切反思。比如还钱事件中的女村民，表面看不过为一己私利，背后也有利益以外的考量，如面子、信誉问题等，毕竟"邻里的风言风语可没几个人能消受得了"，这说明人性深处的羞耻和恐惧仍未泯灭，人的社会属性对行为的调控机能没有失灵，特别是农村宗法社会的伦理约束和舆论力量更是不容小觑，这也是绵延几千年的农耕文明的产物。还有马大爷的儿子和羊得才，可谓可恨之人必有可怜之处，前者和大多数村民担心吃亏的心理如出一辙，后者则是迫于举家生计的无奈之举。当然，无论何种情形他们都有一个共同点即愚昧无知。由此，我们看到落后地区除了物质上的贫穷，更有与时代社会发展极不相称的文化心理上的短板短视。因此，扶贫干部除了回应村民的物质诉求，还要帮助其建立一种新的秩序规范和价值导向，在这个过程中如何维护人的尊严和信心至关重要，即所谓"扶贫先扶志"，而这个扶志之人本身的信念和态度乃是重中之重。对此，文本展现了对美好人性的坚定信念："在我看来，在村民的骨子深处，仁、义、礼、智、信，依然存在。在多次参与修路、环境整治的过程中，我遇到了很多为了集体牺牲个人利益的村民。他们在与政府及干部的交往中，通情达理，懂得退让，知道怎样的方式是最完善的解决之道，并且愉快接受。"对于部分狭隘偏执甚至在利益面前得寸进尺的村民，陈涛认为这也是人性的一部分，意味着自己要付出更多的爱心、耐心和责任心，这是对人性的理解包容和升华超越，是叙述主体将自我熔铸于人民群众和时代潮流的思想自觉、行动自觉，也是作为人民作家的情怀担当和使命担当：坚持以人民为中心的创作导向，为时代放歌、为人民立言，做到"心中有道义，笔下有乾坤"。

当前，我国的脱贫攻坚战已取得全面胜利，区域性整体贫困得到解决。在这个过程中，千千万万像陈涛一样的扶贫干部做出了突出贡献和牺牲，有的甚至付出了生命的代价，他们的努力和成就值得我们感恩铭记，他们的情感、记忆和思考同样值得我们珍视珍惜。《在群山之间》作为扶贫文学非虚构精品力作，真实地呈现了时代风貌、人民生活和人民心声，其所蕴含的真情和力量将激励更多中华儿女在中华民族伟大复兴的道路上努力奋进、勇毅前行。

是谁给爱情开了个玩笑

王秀梅是20世纪70年代出生、目前处于"成长期"和"旺盛期"的文坛新秀之一。近年来其独特的写作个性越发受到各方关注。她以自己的生命体验和情感历程，加之被评论家称为"智性小说"的叙述智慧，形成了自己独具特色的风格技法，也给文坛吹来一股清丽之风。本文主要以其短篇小说《关于那只纸鸽子的后来》为例，试图从"精神自救"及"隐含的叙述智慧"两方面来加以解析，探讨其背后的审美韵味。

精神自救——初恋的解药

爱情从来是文学长盛不衰的母题，而初恋则凝聚了我们对爱情所有最纯真最美好的向往，也饱含了我们对异性所有最热切最赤诚的原始情感。王秀梅自己曾坦言，"初恋"情结是她不可逾越的受伤情结之一。"初恋这种情感，应该标志着一个人脱离父母的开始，从单一情感转生出的第二种情感。或许对于一个从小就幸福感很强的人来说，初恋感只是一种单纯的初恋感，而像我这样的，从小幸福感就很弱，一旦情窦初开，就全副精力都放在初恋感上了，这算一种严重转移。所以小说这东西时不时就诱惑我去写初恋。我写了一批关于初恋的小说，比如发在《上海文学》上的《初恋》，还有即将发在《花城》上的《关于那只纸鸽子的后来》。"①因这种受伤情结而导致的想象性自救心理在某种程度上也成为她小说创作的原动力。

　　小说中男女主人公无疑都是初恋的"受害者"，他们都曾对初恋寄托了如作者般的全副精力和美好愿望，因此一旦这份让他们投入了全部精力的感情遭挫后，随之而来的打击无疑是不可估量的："其实，真实的情况是，她对这样的感情已经没有多少感觉，有的只是偶尔兴之所至时的些微纵情。她有时候也期待对某一个人来一点爱情的感觉，但是很难。""她"在那场"死去活来"的恋爱后已然失去了爱的能力。

　　"跟她一样，他有一些别的情事，有的可以算是爱情，有的勉强算得上感情，有的干脆就是一段没留下什么感觉的经历。他们的讲述也渐渐自由，没有任何拘束，话题涉及感情，也涉及性，在这些故事里，她和他都承认付出过真情，程度不同而已，但也有程度不同的游戏成分掺杂其中。"

　　"好像只有初恋曾经给过她致命的打击，之后的那些，她不知不觉学会了游戏，即便是在最真情实意的一刻，她也不曾完全地迷失，那些警惕，怀疑，防范，保留，愚弄，较量，都隐在暗处，她总是不自觉地被它们所牵制。"

　　人生的意义是什么呢？作者通过男女主人公命运的叙述似乎也在诉说着她的人生观、爱情观：人生就像一场游戏，不过

---

① 王秀梅：《关于那只纸鸽子的后来》，《花城》2010年第4期，第141–147页。

是男人和女人之间的一场游戏。一个是初恋挫败后因丧失爱的能力而渴求内心真爱的灵魂游荡，一个是初恋早夭后妥协现实但企图解开内心情结的自我救赎。而恰恰就是彼此类似的初恋失败经历给这次"匪夷所思的旅程"提供了可能。有趣的是，作家有意将这一游荡之灵魂安排为自我救赎的解药，让人叹服作家匠心独运的巧妙构思的同时感叹命运时数无常。

然而，即便这样，又怎样呢，生活是多么地平淡，她总在渴望一些事情发生，就像这趟匪夷所思的旅程。

可以说，男女主人公的火车之旅就是一场"寻爱"之旅。最后的结局彼此各得其所——女主人公重拾爱情，"她忽然有些微疼，她竟然为此警觉了一下，这微疼，分明是爱情的感觉"……"在这安静中，她脑子里乱乱的，却再次觉到了那种爱情的微疼。"男主人公也终于解开了心中的那个结——纸鸽子终于物归原主，自己也终于和"初恋情人""约见"，完成压抑的情感释放。

隐含的叙述智慧

王秀梅的小说之所以会让人耳目一新，我想很大程度上与她娴熟的叙述技巧是分不开的，这也是王秀梅的小说充满阅读快感的主要原因之所在。

在这篇小说中，作家采用全知全能视角与内视角间隔转换，第三人称叙述与第一、二人称叙述相混合的方式，通过火车上一对青年男女的对话讲述了一个男孩的初恋故事，并间接完成了故事开篇埋设下的女主人公约会悬念交代。小说叙述时间不过一夜火车的时长，故事时间跨度则长达近二十年。正是在叙述视角与叙述人称的不断巧妙转换中，作家用短短不到一万字的篇幅就完成了一篇结构紧凑完满而又环环相扣的叙事杰作。

例如小说开篇以第三人称"她"讲述了一个坐在从B市开往A市的一趟肮脏杂乱的慢车上的女青年。随后"他"出现了，"他从走廊一头走过来，在她对面铺位上坐下"。叙述者随即从"她"的内视角对"他"展开了观察："他穿着体面，长相和气度都不错，年龄与她相仿，她迅速给出了对他的第一印象。"在完成了人物进场介绍后，作家又迅速转回全知全能视角："后来他们就开始讲故事，说不清楚谁提起的建议，也或许没有谁提什么建议，话题自然而然地进行到这样的层面，他们开始回忆自己的故事，恋爱故事。"

此时，作家又让人物用第一人称视角进行讲述，并在适当的时候用第二人称视角进行对话："也许你知道吧，那时候男女同学之间写求爱信，都喜欢折成一只鸽子。""可是我不明白，你为什么不敢打开纸鸽子呢？她问他。""因为，怎么说呢，我自卑。"一切转换显得那么自然，似乎此时叙述者已退出观众视野，将舞台交给了故事主人公。然而事实上叙述者并没有完全退出，它不过是躲在"幕后"，只在每一个特定阶段才站到"台前"："叭，有什么声音在响，下雨了，雨点打上窗玻璃，流下去，留下一道水迹。他停下讲述，拿起杯子，喝了一口水。她也拿起杯子喝了一口水。"随后又转回叙述者全知全能的叙述视角。可以说，作者正是通过这种视角与人称的不断转换，在让读者身临其境的同时驾轻就熟地把握着故事的节奏和进度，使整个作品富有张力。

值得注意的是，作家除了视角与人称的相互交替运用外，还会在不经意间让叙述者突然跳出来进行叙述判断，似乎有意左右读者的思维："也许只能在这样的时刻，暗夜的车厢里，没有睡意，没有工作，没有家庭，遇到一个不讨厌的人，异性，他很能调动谈话的欲望——否则，能有什么机会去回忆往事呢。"其实，有没有机会去回忆往事并不是读者关心的内容，也更不可能是女主人公当时断想的内容。因此这显然是叙述者（或说是作家）自己的分析判断而已。作家在这里将其作为推进故事情节的衔接，反而让读者更有"画外音"的警惕感。

另一个例子：在女主人公竭力回忆当年写假情书细节，判断对面这个男人是否为当年自己写假情书的对象时，读者也在揣摩其与女主人公相似经历的故事原型的关系：难道对面这个讲故事的男人会是当年那个男生？会有这样的巧合吗？此时叙述者不忘继续"干预"："灯光打在他脸上，他的脸线条清晰，唇角和眼睛都在温暖地回忆和微笑，那么帅，没有姓王男生的一点影子。即便是经历了脱胎换骨的发育和成长，也不可能完全没有过去的影子了吧？""多么荒谬，一个路遇的陌生人，只不过讲了一个跟她经历雷同的故事而已。"读者高涨的情绪仿佛又被拉回谷底，直到最后纸鸽子的出现才让人恍然大悟。因此，阅读王秀梅的小说更像是一场"智力游戏"，读者从一开始就被拉入这场游戏之中，且不断地探测、深入，又不断迂回于被操控的快感中。

另外小说的结构设置也颇为巧妙。作家巧妙地借用"愚人节"这一节日，故意使女主人公约会对象失约，从而引出了女主人公坐火车这一情节，成功将男女主人公约见地点从公园转移到了火车。接着小说围绕火车上的对话，让男女主人公像剥竹笋一般打开故事的话匣子。而就在读者即将解开小说神秘面纱的那一刻，作家却让男主人公突然"消失"，最终纸鸽子的出现解开谜底——男主人公正是女主人公的失约对象，女主人公也正是男主人公当年的失约对象。至此，由小说开篇铺展开来的男女青年的两条平行线索终于得以相会。由此形成了"网友失约（设置悬念）—男女青年火车相遇—讲故事—男青年突然消失—纸鸽子出现—解开谜底"的叙事框架。

故事仿佛又回到了起点：纸鸽子物归原主，女主人公回到了A市，猫头鹰继续消失在观众视野中，一切仿佛都没有发生过。而且整个过程男女主人公甚至连对方的名字都没搞清楚，"这个她不知道姓名的男人！他们貌似已经很熟悉了，她却忽然发现了他的陌生，从上了火车到现在，他们甚至没有交换名字"。

这不由得让人联想起尤涅斯库的《秃头歌女》——一对陌生男女火车上偶遇，开始聊天，发现他们坐同一趟火车从曼城来伦敦，现在住同一条街，同一栋楼，同一间屋，睡在同一张床上，彼此竟然是夫妻。只不过在这里，作家无意表现物质文明下人与人精神关系的异化，但其与现代派小说隐喻式思维叙述方式其实是同构的。事实证明，这种不问身份、不问道德的情景式叙述能让观众更好地参与其中，并聚焦于人物身上——

女主人公的微疼、男主人公的自卑和痛苦，最终读者完成自己的期待视野，作家也实现了自己的创作意图。

还有悬念、巧合的成功设置，也是小说叙述智慧的体现。如题目"关于那只纸鸽子的后来"本身就是很好的悬念，"到底纸鸽子代表了什么？它有什么特定的含义吗？它又会有什么后来？"等等；无一不调动起观众的期待心理。还有开篇女主人公等待短信的情节，公园、愚人节等情节的巧合设置，都是作品叙述的有机组成部分。

结语

作家选择了"初恋"这样一个貌似"陈词滥调"的主题，却没有落入俗套。一方面，作家以自己的情感体验为基础，通过叙述加以提取、虚构、整合，同时融入"校园爱情故事"的题材及"网恋""婚外情"等都市热点话题因素，整个阅读过程就像一次情感旅程，读者在与故事人物一起经历了一次次情感体验与智力测验后，会心一笑。另一方面，"智性小说"的叙述智慧使小说在爱情主题的铺陈中流露出叙述者背后隐含的关于人生意义的诘问与思考：人生如戏，甚至有时不过是一场恶作剧而已。总体而言，小说不啻为当代关于"初恋"主题的优秀短篇之一，现代人类如何面对生存困境和情感困惑，王秀梅的探索与书写值得期待。

在自然和诗意中迸发理想光芒

作为20世纪70年代至今仍活跃文坛的为数不多的"第三代"诗人之一，于坚以原在自然、自在独为的创作手法和个性风格，建构起个人与时代、自然与生命、理想与现实的独特诗学空间和艺术表达。《避雨之树》作为其代表作之一，秉持了诗人回归自然本真的艺术特征和睿智雄辩的特色风格，诗作以灵动细腻的笔触、丰饶旷达的想象和淳朴炽烈的情感，将一棵看似普通的避雨之树赋予全新的艺术形式和内蕴意义，呈现出独具性灵的艺术魅力和熠熠光彩。

自然生命的观瞻与尊崇

《道德经》曰"人法地、地法天、天法道、道法自然"，崇尚返璞归真、自然而然的"自然之道"。于坚的诗歌创作继承了儒道"天人合一"的思想，承续了朴素的自然生命观，《避雨之树》体现了以树为自然主体的生命的积极观照，彰显了对自然生命的观瞻和尊崇。

诗歌开头即以拟人的手法将"树"的形象烘托出来——在一场暴雨中，"它用一条手臂为我挡住水／为另外的人／从另一条路来的陌生人／挡住雨水"，它不仅有粗壮的"手臂"，开敞的"胸怀",坚实的"腹部",苍青色的"皮肤",还有使人安静的"气味"。随着诗人把目光慢慢"向下"移动,思维的空间进一步扩展,"那些地层下面黑暗的部分/那些从树根上升到它生命中的东西",接连三个"那是什么"的排比句式,让原本看似静止的外物具备生命的流动质感;"它琢磨那抓在它手心的东西/那些地层下面黑暗的部分""它牢牢地抓住那片黑夜/那深藏于地层下面的",接着诗人将目光上移,通过"最粗的手臂"延展至"另外那些手臂",将树及其所涉的"蛇 鼹鼠 蚂蚁和鸟蛋这些面目各异的族类"和"一串蝴蝶""两只鹰"乃至树叶下面的小虫子等生命尽收眼底,完成"泥土以上—泥土以下—泥土以上"的叙述推移,实现对眼前自然生命的整体观照。在诗人笔下,包括避雨之树在内的所有自然生命都是自带生机活力的,比如蝴蝶"像葡萄那样垂下/绣在绿叶之旁""两只鹰站在那里/披着黑袍/安静而谦虚""小虫子一排排地卧着",构成一幅鲜活自洽的自然生命图景。整首诗宛如一幅西方现实主义写实油画,"画家"以细腻的笔触、灵动的笔法,将眼目所及之物悉数展现,彰显生命本身的自然之美、和谐之美、力量之美。值得注意的是,诗歌叙述大多聚焦"泥土以上"的视角,相比之下,"泥土以下"的叙述占比极少,这种"仰视"的视角也从另一方面展现诗人对于自然生命的敬畏之心。

固然,文学创作绝非现实生活的照搬描摹,即便诗中出现的"自然""现实"也不过是诗人思想情感的具象化,正如诗中所言这首诗也许不过"出自一个避雨者的灵感"。然而即便是经过艺术加工的虚构的"自然""现实",我们依然能感受到来自自然生命内在的律动与魅力，以及诗歌背后隐藏的诗人质朴无华的赤子之心。而这与诗人的成长环境是密不可分的——云南高原奇异雄伟的自然风貌和绚丽多彩的少数民族特色为于坚带来最原初的自然生命体验，也缔结了其纯粹质朴的自然生命观。对此，于坚曾说："我的敬畏之心不是来自教育，而是自己慢慢领悟的，通过自然，通过云南各民族的原始宗教。"正是这种对自然原始的领悟、敬畏、尊崇，让诗人总能透过自然生命发现"日常生活世界的美"，进而发掘新的意象建构，开启诗意的灵性表达。

情与思的对话交融

所谓"诗言志"（《尚书·舜典》），"诗缘情"（《文赋》），"诗者，志之所之也，在心为志，发言为诗，情动于中而形于言"（《毛诗序》），作为缘事而发、缘情而作的诗歌，既是诗人内在情感的外化表露，也是诗人思想观念的阐释表达，概言之，诗歌是情与思的交融交汇，有机结合，辩证统一。《避雨之树》作为诗人观照自然主体的诗意表达，既有来自创作主体真挚丰沛的情感诉说，也有由客体引发的生命感悟和哲思洞见，二者相互交融，互为阐发，实现情与思的理想融构和诗学言说。

知遇感恩。唯物辩证法告诉我们，事物发展具备偶然性和必然性，一切必然性要通过某种偶然性表现出来，偶然性和必然性在一定条件下可以相互转化。如何在纷繁复杂的偶然性中探索事物的审美属性和内在规律，从而探寻感悟生命的内蕴意义，乃作家的职责和荣耀所在。如果说孩子和母亲的相遇为命中注定，那么避雨之树和避雨人的相遇可谓机缘巧合。在这场偶然性相遇里，在"我"及其他避雨人等偶然性来客面前，避雨之树展现了母亲般高大、坚韧、温暖、宽容、博爱的品质，在暴雨、闪电、响雷面前，它是母亲、是庇护者，为我们抵挡伤害，消除恐惧，"我们"因此感到"感激信赖""无以回报"，并产生"无法像报答母亲那样报答它"的感恩赞美之情。诗人通过树的形象与母亲的形象的同构，实现了情感的偶然性向必然性的转换，因为"这感情与生俱来"，诗歌的情感抒发由此获得天然释放和诗意表达。与此同时，生命的偶然性在诗人的笔下兼具了审美开掘。

共情共生。老子"道法自然"的思想不仅表达对自然万物的尊崇，也揭示了自然万物对"道"的启示作用。叙述者除了从主体出发进行思辨外，还试图进入叙述客体，以客体的角度探讨作为树的意识和情感。"它牢牢地抓住大地／抓住它的那一小片地盘／一天天渗入深处／它进入那最深的思想中"，在这里树不仅作为被感悟思考的客体，更成为具备生命体验和感知的甚至是有探索意识的会"琢磨"思索的"主体"，而且它所面向探求的是广阔深邃的世界——通过在地层下面的黑暗处获得营养、吸取力量，而这个黑暗处正是神秘莫测的坚实大地。诗人一方面通过主客体的置换实现精神情感的连通，另一方面也使"人法地"的思想在这种共情叙述中得到感悟印证——我们不过是茫茫宇宙中自然的一种，我们的所有情感意识无不来源于天地自然，"我们将比它先老"也表达了在万物

　　　　　　　　　　　　　　　湾区的瞻望

面前人类的渺小和生命的须臾短暂，相比之下只有自然生命才是无限的永恒的，诗歌也由此突破了存在的局限。

　　理性平等。"夫物芸芸，各归其根。归根曰静，静曰复命。"万物皆有各自的根源和宿命，这是一种悠然超脱的生命智慧，也是一种淡泊致远的胸怀意境。于坚本人坦言其创作经历过由感性到理性的过程，并形成了贯持至今的理性书写的理论自觉和实践自觉。理性思维，成为于坚诗歌创作迈向专业化、成熟化的重要标志之一。《避雨之树》不啻为于坚抒情类诗歌中的典范，在抒情之余始终保持着高度的理性自觉，实现了"对先哲们感性的、直觉的真理进行更理性的思索"（于坚语）。开篇在避雨之树的抒情叙述后，诗人并没有因此陷入抒情的泥沼中，而是笔锋一转——回到现实的理性指认——"它是树／是我们在一月份叫作春天的那种东西／是我们在十一月叫作柴火或乌鸦之巢的那种东西""在夏季我们叫它伞／而在城里我们叫它风景"。其次，关于虚实描写的创作手法上，在诗人看来，关于存在的真实性其实并不重要，重要的是这一"存在"背后蕴含的真相及本质。据此，我们不妨和叙述者保持同样理性的思维，并做出合乎逻辑的推理判断：这棵树或许根本就不存在，树上的许多生命也可能是诗人臆想之物，作为客观存在的树也并不具备主观的情感与价值判断：不会因为你是张三就让你避雨，李四就拒之门外。换句话说，它们仅仅因为存在而存在，故此，从存在层面上来说，自然万物都是平等的，都在经历属于自己的生命范式。对此，诗人保持着清醒的头脑——"它并不关心天气／不关心斧子雷雨或者鸟儿这类的事情""它不关心或者拒绝我们这些避雨的人／它不关心这首诗是否出自一个避雨者的灵感"。在我们看来是"遭遇"的暴雨，对它来说不过像白天黑夜一般平常，在我们看来如此"凶狠"的雷于它不过是家常便饭。正是这种理性制约下的感性书写，使诗歌达到一种内省式的澄明状态，彰显出超然物外的成熟豁达。

理想主义的回望与致敬

成长于20世纪60年代的"第三代"诗人，既浸染于80年代以前盛行的理想主义、浪漫主义文学思潮，又不可避免地面临社会经济转型和商业文化泛滥所带来的现实冲击，当传统的文学主体性不断受到质疑和挑战，集体的理想主义、人道主义精神不断遭遇解构以致濒临崩塌，如何在纷繁多元的时代重拾人的理想与信仰，在现代化的洪流中重建人类的精神家园，赓续日渐迷失的文学传统与理想，便成了包括"第三代"诗人在内的当代作家不得不面对的重要课题和文学使命。

《避雨之树》糅合现实主义与浪漫主义的创作手法，塑造了母亲树的形象，表达了对避雨之树等在内的自然生命的拥抱赞美，然而，诗人并没有就此把道家的"虚无为本""无为而治"作为最终的价值旨归，作为一位对诗歌有理想有抱负有担当的诗人，绝不仅仅满足于意象的开掘或所指的实证，他要在充满诗意的日常中探寻生命的内在奥秘和隐秘关联，要在杂芜的现实中摸索建立一条通往理想的精神之路。对此，于坚有着近乎执着的认识和思考："我的诗歌不仅要表现日常生活的诗意，而且要重建日常生活的神性。"可以说，正是这种祛魅式的传统赓续和神性回归，使于坚的诗歌在日常化的书写中建立精神思想的高度，散发出耀眼迷人的理想主义光辉。

诗作最后以倒叙方式通过历史与现实语境的共时呈现、形式与经验的同构，在精神、情感和价值上获得一种与历史及传统的对话和关联，"像战争年代／人们在防空洞中／等待着警报解除／那时候全世界都逃向这棵树"，唤起的是战争年代带有集体主义、人道主义、理想主义色彩的精神召唤和情感寄托。而关于这一精神遗产是否会过时，在遥远的未来是否还能延续下去，诗人给出了答案——"它站在一万年后的那个地点／稳若高山"。这里的"一万年"应为虚指，表达的是一种穿越时空的自信从容，是"一万年太久，只争朝夕"外的另一种坚定执着；"高山"则寓意理想精神之崇高伟大，也喻示这种精神将亘古长存、屹立不倒。"雨停时我们弃它而去／人们纷纷上路／鸟儿回到天空"，则重返现实的理性观照，因为日常生活的神性总带有某种隐秘性，可遇而不可求，它注定要被现实的庞杂所遮蔽，成为人类不可抑制地遗忘的过去。既此，我们的精神是否终将回归杂芜，人类是否注定再次迷失，诗人选择回归自然和当下，以饱蘸宗教仪式的热情礼赞，揭示了日常存在的超越之美，神性之美——"那里太阳从天上垂下／把所有的阳光奉献给它／它并不躲避／这棵亚热带丛林中的榕树／像一只美丽的孔雀／周身闪着宝石似的水光"，作为自然生命的避雨之树承载了所有天赐的阳光雨露，以至成为孔雀的化身般让世人景仰，表达了诗人对理想主义精神的回望致敬，以及对当下现实的拥抱和希冀：现实生活中，我们每个人都可以成为"避雨之树"，在汲取天地的精华、阳光的普照、风雨的洗礼同时，不忘在他人亟须帮助时伸出援手，贡献自己的力量；精神世界里，我们每个人都和避雨之树一般拥有属于自己的一方天地，即便我们身处洪流、步履纷纷，也不要丧失对理想的坚持和守望，不要遗忘这份最初的感动。值得注意的是，这里的理想不是虚无缥缈的乌托邦，而是包含良知、感恩、智慧、平等、宽容、美丽等在内的所有根植于现实大地的美好精神，这是我们不至堕落迷失并得以照亮前行道路的法宝。

结语

《避雨之树》以回归自然、面向生活的创作手法，以富含情感与洞见的哲理思辨，以及充满理性与温情的叙事基调，为现代人指出了一条通往理想主义的精神路径，在质朴平和的叙述中饱含对自然生命的欣赏尊崇，对生命本质的诗意追寻，以及对理想主义的回望致敬，展现了中国当代诗歌的雍容气度和自信从容。值得注意的是，于坚对于这一路径的探索和发现绝非刻板枯燥的，而是一种灵动的、唤醒式的美好，通过对看似碎片化非理性化的现实进行提纯、整合和再造，提出区别于现代主义的另一种关于现实的解读：质朴的现实背后闪耀着理想的光芒。在美丽动人的现实面前，我们不必逃遁，不必迷惘，而可以选择与诗人一样坦然自信地直面当下，拥抱人生。从这一点上来说，于坚的诗歌获得了某种超越时代、地域文化的丰厚意蕴和审美特质，也开拓了更为广阔的诗学空间。

浅评周国平的女人观

周国平是一位拥有43年哲学研究生涯的作家，其独特的带有浓厚哲学韵味的哲理性散文在当代文坛开辟了新一代创作风格。读他的散文，你会有一举两得的感慨，既得文娱之乐，也得哲学的营养。其散文集《周国平小语》中，关于女人的论述就散发着这样的魅力。

人格上独立，情感上依赖

女人，是男人永恒的话题。男人聚集在一起谈论时，话题往往落在女人身上。而作为女人，对这些关己之论，也总是饶有兴趣。特别是像周国平这种站在哲学角度之论断，其女人观可谓别有一番意趣。

在《男人看女人的眼光》一文中，周国平主张女人应该是"女"和"人"的有机结合，是人的存在和性别存在的统一。他既谴责男权主义者"在女人身上只见'女'不见'人'，把女人只看作性的载体，而不看作独立的人格"；又反对过去主张"妇女半边天"的"只见'人'不见'女'，只强调女人作为人的存在，抹杀性别存在和性别价值"。

在《这些话是否出于男性偏见》中，周国平认为：一个太依赖的女人是可怜的，一个太独立的女人是可怕的，和她们在一起生活都累。最好是既独立又依赖，人格上独立，情感上依赖，这样的女人才是可爱的，和她们一起生活既轻松又富有情趣。

好一个"既轻松又富有情趣"！哲学散文家对理想女性的标准确实苛刻，因为，人非草木，孰能无情，何况是水做的女人。独立的成分重了，依赖的砝码就轻了；反之亦然。保持好独立与依赖的平衡，谈何容易！

依赖和独立自古就是争论不休的话题。现实生活中，人们对女性的观念本身就存在两种极端的论调，一种是过分地强调女性对男性的依赖，认为女人天生就是男人的附属品，就应该示弱示柔，"小鸟依人"，以柔制刚；另一种是过分强调女性的独立性，认为女人就是一个独立的个体，她们同男人一样追求自己的人生，自己的事业，自己的信念。这种论调在当今社会越来越多地被现代女性所接受。然而，我们看到现实生活中过分依赖男人的女人，无论在情感、生活还是精神方面都丧失了自我，身体的依附渐变成思想的依附，逐步演变为灵魂的依附，结局是从放弃独立走向失去人格，于是，一些男人才敢大言不惭"兄弟如手足，女人如衣服"。

过分独立的女人，在现代社会可谓数不胜数，这些事业型女强人，在实现自我价值和社会价值方面确实交出了优秀的答卷，有的甚至令男人们自愧不如，但她们在爱情和家庭方面却常常要付出更多的代价。有的女强人在奋斗和闯拼中慢慢消磨了作为女性的体贴和温柔，甚至从不沾染"人间烟火"，更以此倍感骄傲、自豪，殊不知不解生活之味、生活风情的同时也把自己的情感和幸福给耽误了。

因此，周国平所谓的"人格上独立，情感上依赖"虽是从男性角度出发的一家之言，不免有大男人主义的偏颇，但对于女性在追求独立的同时不忘生活之本，也不失为一个善意的提醒。

敬拜母性

在《女性能否拯救人类》中，周国平特别崇尚女性之母性意识。他认为，如果真爱一个女人，就应该亲手把她变成母亲，让她成为一个完整的女人。

他写道："当我独自面对自然或女人时，世界隐去了。当我和女人一起面对自然时，有时女人隐去，有时自然隐去，有时两者都似隐非隐。"他是把女人比作自然了，自然是生命之母，所以母性是受到万物敬拜的。

母性是广阔的。人们常用"大地母亲"来表达大地滋养万物的慷慨；

母性是仁慈的。人们常把黄河比作母亲来感激它哺育炎黄子孙的恩情。

在周国平看来，男人不论在外如何奔波闯荡，终归要回到母亲的怀里，回到自然的怀抱。故此，一个不爱女人的男人是可悲的，因为这将注定他们一辈子都是孤儿。年轻的女人吸引男人的是情场的力量，而母性吸引男人的是她天生的慈场的力量，那是自然的力量，大地的力量，上天的力量。离开母性的怀抱，男人就成为无源之水，无缰之马。

当男人为怎样死后名留青史而苦恼时，女人将温暖的乳汁送进孩子的身体，为人类生命的延续做着实在的贡献。

母性拒绝虚荣。母亲最大的幸福，是儿女在自己的劳作中快乐长大，在自己的庇护下平安顺遂，等到奉献自己的所有换来孝顺儿孙的一根拐杖，她就心满意足。正所谓"男人有千百个野心，自以为负有高于自然的许多复杂使命。女人只有一个野心，骨子里总是把爱和生儿育女视为人生重大的事情"①。

是啊，母亲是女人一生最光辉的头衔，母性是自然赋予女人最崇高的品质。因此，无论一个女人在愉快地操持家务还是全神贯注地哺育婴儿，都是人间至美至善的景象。

远离哲学

好比哲学家必须在"物质与意识谁是第一元"的问题面前表态一样，周国平认为必须搞清女人与哲学的关系，还立场鲜明地反对女人搞哲学。在他看来，好的哲学使人痛苦，坏的哲学使人枯燥，两者都损害女性天纯的美。

他不反对把女人当成一个具体的物质形态，用哲学思维加以分析研究，但他反对女人研究哲学，因为这样会使"头脑变得复杂、抽象，灵魂变得深刻、绝望"，使女人丧失了天赋的感性和灵性而变得索然无味。

对于周国平来说，女人搞哲学，就像感性之于理性，前者丰富，生动，具体；后者简练，枯燥，抽象。两者掺和在一

---

① 周国平：《周国平小语》，广东人民出版社，2001，第131页。

起，肯定会因稀释作用而使简单的女人复杂化了。所谓"灵性是心灵的理解力。有灵性的女人天生蕙质，善解人意，善悟事物的真谛。她极其单纯，在单纯中却有一种惊人的深刻"。可以说，女人不需要哲学，因为万物缘她而起，她本身就是答案。她是简单中包含着自然的复杂，感性中包含着复杂的理性，自然里面包含着一切的必然。因此，远离哲学的女人可以让男人在累的时候"随心所欲地蠢一下"，她不用担心自己的表现会让他感到幼稚可笑，相反会令他觉得可爱，因为这是上天赋予女人的特权。

女人是自然之水，是世界之灵，自然因女人而美丽，世界因女人而博大。没有女人的世界，男人只有捕杀的残暴；有了女人的世界，男人才有勇敢的理由。所以说，母性创造了男人，女性改变着男人。世界也因为女性才有了亘古绵延的可能与意义。

李彦小说的"基督教叙事"研究

　　李彦，加拿大著名华人女作家。曾获中国社会科学院研究生院新闻系英文采编专业硕士学位。1987年赴加拿大留学，获温莎大学历史学硕士学位。1996年起在滑铁卢大学任教，现任滑铁卢大学孔子学院院长兼东亚系中文教研室主任。1985年开始发表中英文作品，虽然在北美华文文学作家中不算多产，但成就斐然。1995年英文长篇小说《红浮萍》在加拿大出版，获该年度加拿大全国小说新书提名奖。1996年获加拿大滑铁卢地区"文学艺术杰出女性奖"。1999年中文长篇小说《嫁得西风》由香港明镜出版社出版。2002年，获台湾"中国文艺协会"海外文艺奖章，2003年起担任加拿大中国笔会副会长。2008年中文长篇小说《羊群》在国内出版。2009年英文长篇小说《雪百合》出版，同年中文长篇小说《红浮萍》在国内出版。

　　提到写作的缘由，李彦在一次访谈中曾表示，这与长期以来西方主流意识形态对中国社会和中国民众的偏见和误解有关，她希望"通过普通人的生活故事，反映20世纪的中国社会和历史，写出中国人丰富的心灵世界，写出他们在动荡不安的历史状态下坚韧不拔，顽强地奋斗"①，以达到思想精神

----

① 庄建，虹飞：《纤笔一支的担当——华裔作家访谈》，《译林》2011年第5期。

的"去蔽"。因此其作品"很少涉及男欢女爱、风花雪月的内容，而是更多地将着眼点放在对人类精神世界层面的关注上，很多都是内省式的思索，包括对不同文化和信仰之间的认真比较"①，如自传体长篇小说《红浮萍》即通过20世纪中国普通人的生活故事，以"以轻驭重"的手法、恢宏细腻的笔触以及真挚充沛的情感，实现了对六七十年代中国历史的深刻把握与人性的深度挖掘，被刘再复誉为"历史的见证与人性的见证"②，也赢得了西方主流社会的关注和认可。此后李彦延续了这一"内省式"的自觉，作品主要以新移民宗教、婚姻、家庭等现实生活为基础，通过其精神流变展开对不同文化价值的探索和思考，李彦的小说也因此在北美华文文学中独树一帜。

笔者在中国知识资源总库搜索到，从2001年至2012年间，共有李彦相关研究文章27篇，其中硕士论文2篇。通过梳理，我们发现相关文章多为鉴赏类读后感及访谈录，专门研究李彦作品的学术论文不超过10篇，且研究视角多集中于女性意识研究，涉及基督教叙事的更是凤毛麟角。如2011年刘俊丽硕士论文《被忽略的女性意识——加拿大新华文女作家群研究》中对加拿大华文女作家群体的女性意识研究，李镜的《苦难的歌者——解读加华小说〈红浮萍〉的女性主体性表现》中对小说中生存和爱情母题的女性主题性表现进行研究，以及郭媛媛《隔着距离阅人阅世——评加拿大华人女作家李彦长篇小说〈嫁得西风〉》中对小说展现的华人女性群像及悲剧命运中

---

① 庄建，虹飞：《纤笔一支的担当——华裔作家访谈》，《译林》2011年第5期。
② 李彦：《红浮萍》，作家出版社，2010，第1页。

的悲剧意识进行研究等。另有极小部分研究论及基督徒及宗教，或侧重于西方现实主义的剖析和批判，揭示资本主义在全球化经济浪潮中表现的精神价值的空虚与荒谬；或以后殖民主义的"主体间性"及"他者""离散"等理论支撑，探讨全球经济热潮下主体间交往和沟通的必要性。综上所述，学术界对李彦的研究依然处于初级阶段，小说的基督教叙事研究更为鲜见。

李彦小说与"基督教叙事"

现代宗教思想家蒂里希认为，"宗教是人的终极关切"[①]。当代宗教学家贝格尔表示，"宗教是人建立神圣世界的活动"[②]。宗教是人类对自我生存意义的找寻、对宇宙万物和世界本原的探索，以及与之和谐相处的寄托与向往。因此，对宗教问题的关注本身即蕴含着对人类精神层面的深度关切。面对"宗教意识从何而来"的提问，李彦如是说：

北美社会是一个建立在基督教文化基础上的社会。新移民一出国，几乎立刻就感受到了基督教会无所不在的影响。由于中国人过去所接受的传统儒家思想的无神论教育，现代共产主义以及爱国主义的理想教育，他们会对基督教的冲击产生新鲜

[①] 池田大作：《我的天台观——宗教与世界丛书》，卞立强译，四川人民出版社，1999，第2页。

[②] 池田大作：《我的天台观——宗教与世界丛书》，卞立强译，四川人民出版社，1999，第1页。

感，反差感。为数不少的华人在一段时间后都转变为上帝的信徒。这种现象引起了我的强烈兴趣。基于多年深入其中的观察和思考，我在自己的作品中每每力求探索两种不同文化之间的冲突与融合，试图对新移民在精神世界里的探求有所表现。[1]

可见，基督教叙事在李彦小说的出现绝非偶然。基督教文化与古希腊、罗马文化，已成为西方文化的两大源头，成为西方文化中重要的历史因素。[2]初出国门的新移民，更是难以忽视这一文化的强势来袭，从而自觉不自觉地投入基督教的怀抱中。作为20世纪90年代赴加的新移民作家，对西方文化的熟稔和目睹基督教强大的号召力和影响力，加之对新移民精神观照的自觉，使李彦对新移民的基督教现象颇为关注，关于基督教的题材叙事被频频摄入小说创作中。

中文长篇小说《红浮萍》讲述了"我"的母亲雯与基督教家庭出身的年轻教师相恋后却惨遭背弃的爱情悲剧，由此揭露基督徒教师的虚伪和自私，可视为作家在探求人的理想信仰时的早期宗教体验；中文长篇小说《嫁得西风》以逾三分之一的篇幅叙写了新移民基督徒及其教会生活，塑造了包括米太太、叶萍、陶培瑾等在内的基督徒形象，表达了作家对"北美新移民基督徒"这一独特群体生存境遇的现实关怀；近年出版的中篇小说《羊群》则更进一步，作品深入基督教内部，上至牧师、长老，下至传道员和普通教徒，结合新移民爱情婚姻、家

① 赵庆庆：《风起于〈红浮萍〉——访加拿大双语作家李彦》，《世界华文文学论坛》2010年第1期。
② 王列耀：《趋异与共生》，中国社会科学出版社，2011，第160页。

庭事业等现实问题，淋漓尽致地展现了华人教会内部的众生百态和矛盾冲突，以及新移民基督徒的理想信仰之选择与转变，可谓是加拿大华人教会的缩影……不难看出，基督教叙事已成为李彦小说的重要组成部分，且呈现叙事篇幅愈来愈大、叙事向度愈来愈深的趋势，围绕"人性"和"神性"的探讨更是体现了李彦在信仰问题与精神向度关系开拓的纵深，以及对大陆新移民精神流变的关切和思考。

关于基督教的"人性"和"神性"，则不能不提到"原罪说"。所谓"原罪"，《圣经》中记载乃指人类始祖亚当因受了蛇的诱惑，违背神的教诲偷吃了分辨善恶树的果子，以致被赶出伊甸园。至于"原罪"的根源，西方历来的思想家、神学家所持见解各不相同。奥古斯丁认为，"罪的主要根源在于对自己的爱取代了对神的爱。人类失败的一般结果大抵是强烈的欲念，追逐感官快乐，无节制的能力"[1]。后期中古神学家继承和发展了奥古斯丁的理论，认为罪不过是人的弱点或疾病，并非罪孽。宗教改革家加尔文认为，原罪是遗传来的败坏，是人性的堕落，使人受到非难、遭受到神的愤怒，而产生属肉体的行为。原罪不仅是一种欠缺，还强调人性的完全败坏。因为绝对败坏，所以人在重生上必须完全依赖神的恩典。无论如何，"原罪"的起源都和人性有着千丝万缕的关系，人性也往往被打上"脆弱的""局限的"，甚至是"败坏的""堕落的"的标记。

在李彦的小说中，无论教会的牧师、长老、教徒还是由这

---

[1] 伯克富：《基督教教义史》，赵中辉译，宗教文化出版社，2000，第97页。

些人组成的教会组织，都是现实世界的普罗大众，他们具有人性的共性，自然存在着脆弱、局限等人性弱点。据此，他们与神的关系也往往呈现出两种状态：一方面，"人"因自身内在的脆弱性、有限性，无法完全践行上帝的旨意和要求，表现为"人""神"之间的妥协关系；另一方面，"人"因无尽的私欲与自身道德的败坏违背了神的教义，在背离神的道路上越走越远，表现为"人""神"之间的冲突关系。

"人""神"之间的妥协叙事

《圣经》记载，"要尽心、尽性、尽意，爱主你的神"①，"爱是恒久忍耐，又有恩慈；爱是不嫉妒，爱是不自夸，不张狂，不做害羞的事，不求自己的益处，不轻易发怒，不计算人的恶，不喜欢不义，只喜欢真理；凡事包容，凡事相信，凡事盼望，凡事忍耐。爱是永不止息"②。《约翰》中记载，"凡爱生他之上帝的，也必爱从上帝生的"③。可见，在基督教义中，"爱"是第一位的，也是最大的教义。作为虔诚的基督教徒，首先要有对神的崇拜敬仰之爱，然后才有衍生出来的对他者之爱。前者是处理"人"与"神"关系的总纲，后

---

① 上帝耶和华：《圣经》，南京爱德印刷有限公司，2003，新约28，马太福音22，第37页。

② 上帝耶和华：《圣经》，南京爱德印刷有限公司，2003，新约194，哥林多前书13，第4—8页。

③ 上帝耶和华：《圣经》，南京爱德印刷有限公司，2003，新约271，约翰一书5，第1页。

者则是处理"人"与"人"关系的总纲。

20世纪80年代出国的新移民，虽然在政治、经济、文化等环境方面相比五六十年代都有了很大的改观，但西方主流文化的大背景下，其"二等公民"的地位身份依然没有改变，且由于中西文化的巨大差异以及自身经济、教育等条件所限，他们不可以避免地面对来自婚姻、家庭、经济、文化等的现实压力和困境。在这种背景下，基督教的出现对于新移民来说无疑是巨大的"福音"：不仅能提供精神的慰藉，还能在婚恋、就业、生活上提供许多实际帮助。在这个过程中，不少新移民纷纷加入教会，他们表面上身体力行各种教会活动，精神层面上并未真正信服，未能达到《圣经》所要求的"尽心、尽性、尽意"，算不上虔诚的基督徒。具体体现为"人"对"神"的有私的爱和"人"对"人"的有私的爱。

"人"对"神"的有私的爱。最典型的莫过于初来乍到的大陆无业新移民，他们大多没有什么物质基础，也没有一技之长，却普遍有着强烈的虚荣心和攀比心，来到异国也不过为了追慕和享受西方发达的物质生活，物质和心灵的双重空虚使他们陷入强烈的焦虑中，对改变现实的渴望也更为迫切，加入教会便成为一本万利的好买卖。其中许多人更是将基督教作为自己婚姻、家庭、事业的跳板，借以谋求个人人生的转机。他们带有鲜明的功利主义色彩，既不以基督徒自居，也不以基督教义自律，为李彦小说《雪百合》中所谓的"吃教者"。

《嫁得西风》中来自大陆的叶萍，是20世纪80年代改革开放以来贪图安逸又渴求蜕变的一类大陆女性典型，她忍痛抛弃国内情人只身一人来到加拿大，就是为了贪图幻想中西方发达国家现代文明的富裕与奢华，无奈因家庭矛盾无处容身，自恃美貌又性情高傲的她既没学历技术，连英语也听不懂，幸得枫城华人教会协助认识了宣教积极分子米太太，才觅得身体与心灵的避难所，且待遇优厚：不仅吃住免费，而且没有什么要求，唯一要做的就是帮助米太太打理家中的一日三餐。在米太太的带领下，叶萍参加各种教会活动，见识各类牧师信徒，表面上礼貌应承，内心却不以为然，特别是面对米太太的祈祷和教诲时，更充满了不屑的鄙夷和狂妄的自大：

不错，我叶萍也来自大陆，可别看我连初中都没正经读过，论聪明才智却不亚于大学生研究生，怎会像你们这两人，天真得犯傻，这么容易就被"主义""信仰"那类虚无缥缈一钱不值的东西所打动！不看看如今国内，谁还会愚蠢得再上那些当！大家哪个不是在削尖了脑袋搞钱，变着法子享受嘛。没想到在国外，还能遇见这种老掉牙的呆货！①

才华横溢却不幸香消玉殒的小敏，其丈夫却是个慵懒之辈。然而，这个曾经让妻子蔑视绝望的男人，一出国门便在主内兄弟姐妹的帮助下，不费吹灰之力继承了妻子的所有遗产，因为"他尚在国内时，就从人们口口相传的'出国指南'中，得知了在国外获得帮助的最佳途径，便是依靠教会组织"，于是，他通过攀认基督徒老乡加入了米太太的"圣经学习小

---

① 李彦：《羊群》，上海人民出版社，2008，第126页。

组"①，没过多久在米太太的引导下皈依"我主"，还办起居留加国的申请，拿到延期居留证后经教会热心人介绍又顺利找到了工作。三十五岁还毕不了业的女博士白雅芬，也在米太太的介绍下加入教会这个"免费婚姻介绍所"，通过观察她发现和她一样滥竽充数的基督徒不在少数，大家来到教会常常是醉翁之意不在酒，打着"慕道者"的旗号寻求免费帮助。对此，一位年老的华人"基督徒"毫不讳言：

> 我觉得，基督教的宗旨不错，是劝人行善的。我们在国内，号召大家学雷锋，做好事。人家基督徒，都跟雷锋差不多。我们这些新来乍到的，全仗着人家热心帮忙，给我们解决各种困难呢！至于到底有没有上帝，我也不想探究。稀里糊涂地，只要信了，心里快活了，就行了。②

可见，在这些大陆新移民眼中，有没有上帝并不重要，他们也不想探究，他们唯一关心的是教会能给他们提供便利和好处，因此稀里糊涂、装模作样就成为他们普遍的态度，那些虔诚的基督徒在他们眼里则是愚蠢的、迂腐的，即使有的对基督教有一定的了解和认识，但因中西文化的差异以及固有的意识形态导致其无法真正理解，更毋庸谈及精神的同化。

此外，还有一些新移民基督徒在教会活动中不是一味地索取，他们以基督徒自居，积极参加教会的各种活动，能够自觉

---

① 李彦：《羊群》，上海人民出版社，2008，第241页。
② 李彦：《羊群》，上海人民出版社，2008，第136页。

湾区的瞻望

遵守基督教义，在"侍奉主、荣耀主"方面比前者大有长进，他们是众人眼中虔诚的基督徒，是奉献的楷模，但他们依然无法做到"尽心、尽性、尽意"，因为这种侍奉、荣耀是以个人的私利与欲望为前提的，虔诚和奉献也不过是与神"做交易"的筹码。一旦祈祷变现，他们便欢呼雀跃，到处称赞主的荣耀，倘若落空，他们便立即陷入无尽的痛苦和哀怨中。

《羊群》中的淑惠姐妹，因连生两女后盼子心切，教会姐妹曾多次为其祈求祷告，为了效果更好，众人在来自新加坡的俊俏女人提议下再次聚集祷告。在基督教里，祷告为人与神特殊的交流方式。《新约圣经》记载："你们祷告的时候，不可像那假冒伪善的人，爱站在会堂里和十字路口上祷告，故意叫人看见。你祷告的时候，要进你的内屋，关上门，祷告你在暗中的父。你父在暗中察看，必然报答你。你们祷告，不可像外邦人，用许多重复的话，他们以为话多了必蒙垂听。你们不可效法他们，因为你们没有祈求以先，你们的父早已知道了。"①可见，祷告具有自发性和私密性，它拒绝假冒、拒绝张扬，要求祷告者发自内心的虔诚，进而在自我的告白和忏悔中得到心灵的净化和超脱。然而，在李彦的小说中，这种心灵的交流演变成一场喧哗的闹剧和赤裸裸的欲望表达。

当下几人围了壁炉上方摆着的十字架，坐成半圆，开始祈祷。每人都很快进入了境界，口中喃喃有词。淑惠的声音小，

---

① 上帝耶和华：《圣经》，南京爱德印刷有限公司，2003，新约6，马太福音6，第5页。

听不清，但她脸上容光焕发，足见其信心百倍。俊俏女人只消片刻，已泗泪滂沱，可惜她的鸟语，一如既往，缺乏知音。郎太太讲国语，嗓音尖利，直冲入紧挨在旁的牛红梅耳中。听着听着，她却发觉郎太太的祈祷词已经转了向，开始求神保佑女儿今秋顺利升入大学，先生的移民生意发达，超市的买卖兴隆等等。[1]

在这里，淑惠、俊俏女人和郎太太分别代表三种典型的基督徒，其中俊俏女人看似用情最深，其实缺乏知音，不由得让人联想这种连在场听众都无法打动的祷告何言打动上帝。可见其诚心仍有待商榷；嗓音尖利的郎太太最为高调，实则暗藏私心，竟然祷告半路转向为女儿和先生祈愿，大有假公济私的嫌疑；信心百倍的淑惠看似最为虔诚，也最为低调谦卑，但当事与愿违——第三个孩子仍是女婴，淑惠对主的信心也降到谷底，成为默默坐在教堂前排的"落落寡合"的母亲，不得不令人感叹唏嘘。

来自大陆的杨玉清，与妻子牛红梅都是国内高级知识分子，历经丧子之痛等人生苦难之后，双双成为虔诚的基督徒，杨玉清本人也凭借自身渊博的学识和在教会的威望迅速增长被提名为长老。一向节俭的他在为主做奉献上异常慷慨：除了恪守《圣经》上要求的"十分之一"份额外，还热衷教会的各种捐献，即使是兴建非洲教堂和传播福音的非洲电台等"八竿子打不着的事儿"，也是来者不拒、多多益善，表面看似乎做到

---

[1] 李彦：《羊群》，上海人民出版社，2008，第27页。

了"尽心、尽性、尽意",但究其实不过为自己死后上天堂铺好后路,因为他坚信"给神的越多,神给你的回报也就越多"①。为此,他除了克扣夫妻日常生活开支,还偷偷挪用妻子辛辛苦苦攒下的私房钱作为教会捐款,被妻子怒斥为"牺牲老婆在人间的幸福,为自己在天堂里存钱"②的自私自利之人。

来自台湾的长老侯教授,母亲原为台湾政坛要员,在学校还有专门以其名义设立的奖助学基金,堪称家世显赫,且每年都为教会捐献上万元,显然超过了收入十分之一的份额。在此,作家借人物之口发出质疑:"人们想要的他们都已经有了,还想从神那里得到什么回报呢?"③显然这种捐献夹杂着浓厚的买卖交易意味,也反映了人性的贪婪和虚伪,恰如这越来越多的捐款奉献,无尽无穷。

"人"对"人"的有私的爱。耶稣曾对门徒说,"我赐给你们一条新命令,乃是叫你们彼此相爱;我怎样爱你们,你们也要怎样相爱。你们若有彼此相爱的心,众人因此就认出你们是我的门徒了"④。在基督教义中,神爱世人,因此也希望人能够因为基督的关系把这种无私的高尚的爱发扬和传承下去,做到"爱人如己"。然而,在李彦的小说中,由于人性的局限性,人始终无法做到为他人的利益牺牲自我,表现出来的"人"与"人"的关系即为"人"对"人"的有私的爱。

---

① 李彦:《羊群》,上海人民出版社,2008,第23页。
② 李彦:《羊群》,上海人民出版社,2008,第45页。
③ 李彦:《羊群》,上海人民出版社,2008,第44页。
④ 上帝耶和华:《圣经》,南京爱德印刷有限公司,2003,新约123,约翰福音13,第34—35页。

《嫁得西风》中来自台湾的米太太，不由分说便接纳了惨遭家庭暴力的叶萍，主动让其住进自己的花园洋房。然而，看似慷慨大方的米太太并不是省油的灯，免房租背后是一家大小的一日三餐，逢年过节还要制作各种美食打点应酬来访宾客，俨然是免费的帮工："于是，豆沙馅儿的，莲蓉馅儿的，巧克力馅儿的，外加核桃仁儿红枣馅儿的，没完没了的，捏了一包又一包，整整齐齐地码放在桌子上。"[1]不仅如此，当叶萍好不容易觅得在加国的第一份工作，米太太便开始盘问叶萍的经济状况和收支细节，提醒其"没有白吃的午餐"，表示"我们基督徒热心助人，但你也不能总占便宜呀"[2]！并教唆叶萍利用工作便利打包店里卖剩的食物，隔三岔五地攫取免费的鸭子叉烧……于是，在叶萍眼里，米太太成为一个令人费解的人："一方面，她处处精打细算，巧妙地利用别人为她服务，可另一方面，她又显得十分慷慨。"[3]显然，这种令人费解恰恰是人性的脆弱和自私所在。

　　来自大陆的牛红梅，出国前毕业于电大中文系，担任过科长、支部委员，个人背景能力都非常出众。眼见遭丈夫家暴的毛小鹰母子无家可归，她慷慨接纳，并主动提出减免房费。但面对攀升的煤气水电费用时，她又忍不住心生埋怨。"毛小鹰这个南方人也太爱干净，每晚都要和儿子洗澡，水龙头下，一淋就是个把钟头，听着热水没完没了哗哗淌，牛红梅心里就一

---

① 李彦：《羊群》，上海人民出版社，2008，第124页。
② 李彦：《羊群》，上海人民出版社，2008，第173页。
③ 李彦：《羊群》，上海人民出版社，2008，第173页。

阵阵地痛。加拿大这么干净，有什么可洗的！"①当毛小鹰向自己丈夫虚心求教问道时，她便疑心对方有意勾引破坏，甚至故意当众揭人伤疤，将其赶出家门，人性的狭隘阴暗至此暴露无遗。

"人""神"之间的冲突叙事

如果说新移民基督徒身上体现了作家对人性局限性和脆弱性的观察和思考，那么教会组织与牧师则体现了作家对人性败坏的质疑和诘问。在基督教教义中，教会乃指由上帝所拣选、救赎的信徒的有机体，目的是要传天国的福音，感化和改造人心。至于牧师，则是教会的神职人员，担任着引导基督徒的职责。在李彦的笔下，教会和牧师不仅褪去了庄严、神圣的宗教外衣，且呈现"双重异化"：教会组织和世俗的权力机构并无二样，内部等级森严，教职人员之间钩心斗角，"官官相卫"，神性的崇高伟大往往被人性的世俗狭隘所遮蔽掩盖，神性的权威荡然无存，人性的阴暗与自私却随处可见，"人"与"神"的关系处于紧张对峙的状态。

牧师中的"伪君子"与"真小人"。基督教认为，上帝拥有至高无上的权柄，任何人在上帝面前都是子民，更不可在教会中独断专行，妄自为大。《马太福音》里有这样的记述："你们中间谁愿为大，就必作你们的用人，谁愿为首，就必作

---

① 李彦：《羊群》，上海人民出版社，2008，第20页。

你们的仆人。"但在现实中的教会牧师却自恃身居高位而滥用职权，"随着自己的欲心，无故地自高自大"[1]，公然违背基督教义。

《嫁得西风》中的年轻教师成长于基督家庭，父亲在教会做牧师，未婚妻也是虔诚的基督徒。原拟赴欧洲留学的他，因政治环境制约不得不滞留小城教书。教书之余，他还主动邀请学生们来到城中唯一的基督教堂聆听神的教诲，虽然彼时的他还不是牧师，但在众人眼中特别是从未接触过西洋文化和基督教的女学生们面前，他俨然已经扮演着"牧羊人"的角色。恰在此时，他邂逅了青年女生陶培瑾。一个是年轻有为的热血青年，一个是情窦初开的青春少女，爱情之花悄然绽放。

然而，单纯的爱情终究抵不过现实的考验。某天，一封英伦小岛神学院的来函，将年轻教师从人性与神性的两难境地中"解救"了出来。年轻教师最终选择以"基督"之命、"友谊"之名结束这场恋爱。收到绝交书的陶培瑾陷入了巨大的痛苦中，但痛定思痛，她还是理解和接受，并效法爱人为基督献身的崇高理想和伟大壮举，将对爱人的爱转移到对基督的信仰和崇拜上，企图在神的怀抱和指引中重觅爱人的踪影，这也成为她抵御一次次政治浪潮冲击的精神支柱和力量源泉。至此，至高的神性仿佛战胜了脆弱的人性，人性也通过自我超越得到了升华。讽刺的是，多年以后，当陶培瑾历经坎坷从大西洋彼岸来到年轻教师所在的国度，盼来的却是理想和爱

---

[1] 上帝耶和华:《圣经》，南京爱德印刷有限公司，2003，新约225，歌罗西书2，第18页。

情的再次幻灭，只见全北美洲教友间争相传阅简报上刊载的一条喜讯：

> 携手五十载，师母返天家。万人敬仰的某某某牧师，经数月之久的丧妻之痛，在主的光辉普照下，最近觅得新伴侣，再结良缘！①

原来，当年的年轻教师根本没有恪守基督教的禁欲主义，所谓"固守独身"，"将整个的身和心，都奉献给伟大的主"不过是他诓骗遗弃对方的托词，由始至终，基督教不过是他掩盖心虚和私欲的"挡箭牌"，可笑的是，这样一个虚伪懦弱的伪君子至今还被奉为华人基督圈的"红衣大主教"。面对信仰和爱情的双重颠覆，陶培瑾终于倒下了，死前还留下一句"莫名其妙"的话："不是说，信基督的人，不撒谎吗？"②这是对基督徒的诘问，更是对丑陋人性的拷问。毕竟，连真诚这一最基本的人品都不具备的人，如何成为基督徒，成为万人敬仰的牧师、主教呢？

在基督教会中，"牧师"除了传播福音，还负有在精神上引领和照看其他基督徒的职责，即《圣经》所说的"牧羊人"。从香港来的朱牧师，刚从神学院毕业不久就任职于枫城的一家教堂，三年后教会人数便"翻了一番"，在传道布道方面可谓"年轻有为"。然而，论个人品行修养，朱牧师却是个

---

① 李彦：《羊群》，上海人民出版社，2008，第326页。
② 李彦：《羊群》，上海人民出版社，2008，第327页。

专横跋扈、内心狭隘的势利小人，给教会发展造成了恶劣影响。比如，按照编制，教会完全可以聘用一位副牧师，且几位长老先后推荐了数位申请者，但都遭到朱牧师的否决，理由是"用不着多此一举，自己可以学讲国语"，结果枫城教会聚集了上百名讲国语的信徒，却始终没个讲国语的牧师。面对教徒的质询和建议时，他不仅充耳不闻、一意孤行，内心还充满了鄙夷和歧视："这女人，真是不知自己属老几！"①当率性耿直的基督徒马立新对照《圣经》认真指出他布道的错误时，他总是显出"一脸不高兴的样子"，更在马提出取消黑布袋传递的建议时表现出蔑视和不满，频频摆出高姿态予以打压，认为马还没受洗，不算本会教徒，所以对本会的工作，没有发言权。因此，当马立新恳求受洗以便回国传道时，朱牧师非但没有表现出牧师应有的包容和爱，反而利用《圣经》教诲乘机对教徒私事进行层层盘问、咄咄逼人，美其名曰恪守教义，实乃"记恨前嫌""有意刁难"，并生硬回绝了马的受洗诉求。最终，在朱牧师的领导下，教会情况每况愈下："不足一月，眼瞅着他麾下的教徒一一跳槽，离经叛道，老杨和教会的几位长老都发了慌。"②面对如此无奈与凄凉的场面，朱牧师没有丝毫自省意识，还认为是其他牧师"拐"走了自己羊圈的羊，并对教徒进行威逼恐吓："从即日起，凡是到其他教会去听布道的人，本会将开除他们的会籍！"③充分暴露其自大无能和自私狭隘，俨然是牧师中的"真小人"。

---

① 李彦：《羊群》，上海人民出版社，2008，第4页。
② 李彦：《羊群》，上海人民出版社，2008，第42页。
③ 李彦：《羊群》，上海人民出版社，2008，第43页。

权力机构化的教会组织。作为由上帝拣选、救赎的信徒的有机体，教会的庄严性和权威性不言而喻，但俗话说，有人的地方就有江湖，就有利益的纷争，特别是在等级分明、竞争激烈的新移民聚集地，教会往往沦落为"只关心政治，而忽略了人得救之事"[①]的权力机构：教职人员之间互相倾轧、恃强凌弱，教徒们更是为了争夺教会职务这个香饽饽尔虞我诈、你死我活，"世俗化代替了对永世的追慕"[②]。

小说《羊群》中的基督徒牛红梅发现：在枫城的华人虽然仅数千之众，但大大小小的团体五花八门：由广东籍移民为主要构成的"中华会馆"为历史最悠久的弘扬广东传统文化的社团；70年代由台湾而来的士大夫阶层组成的"知鹤轩"，号称"华人精英"团体，只接受在北美获得高级职称者；还有专收祖籍台湾人士的"台协"……表面看只有教会才是海纳百川，全无门户偏见。然而事实真的如此吗？非也。实际的教会也有三六九等之分："二三百人的教会中，长老的位置屈指可数，唯有灵命深，根基厚者，方可当选。这种职位向来为港台移民所垄断"；"主任牧师和副牧师，年薪数万还不用交税，但必得是神学院毕业生且为男性方可"；"秘书的职位，倒是不论学历，钱也不少拿。可这种好差事，多少双眼睛盯着，得凭关系。大陆移民根基浅，哪里轮得上？至于长老呢，先不说那是个有名无利的头衔了，身为女性，连被提名的资格都没有！唯一一个不分男女不讲学历又有报酬的职位，是传道员，只要口

---

① 伯克富：《基督教教义史》，赵中辉译，宗教文化出版社，2000，第170页。
② 伯克富：《基督教教义史》，赵中辉译，宗教文化出版社，2000，第170页。

才好便可"①。因此，当香港的朱牧师和台湾的侯教授上门敦请杨玉清接受长老提名时，杨玉清夫妇二人自是激动难抑、喜笑颜开。

《嫁得西风》中杨玉清和郎先生同为新一任长老的提名候选人，表面上大家互为主内弟兄、和和气气，实际明争暗斗，双方及妻子之间分庭抗礼、暗中较量。其中郎太太来自台湾，为人精明泼辣，自营的金龙超市为本地华人龙头超市；杨的妻子牛红梅来自大陆，虽有大学学历，但苦于就业环境艰难只好赋闲在家，经主内姐妹毛小鹰牵线、侯教授推荐得以在金龙超市帮工。双方互称主内姐妹、实际暗地竞争，彼此常生口角。针对牛红梅性格骄傲的特点，精明的郎太太顺势利用，让其丈夫杨玉清免费帮自己女儿辅导数学。通过杨玉清的辅导，郎太太的女儿成功考入大学，但在祈祷时郎太太却只字不提对方的功劳，只是一味地"感谢主"，牛红梅因此心生气恼，双方为此互相对峙、势不两立。结果杨玉清在长老竞选中高票胜出，朱牧师不得不让郎先生填补侯教授的空位后才平息了一场风波。

教会教职人员之间的权力制衡也随处可见。在基督教中，长老的职责为协助牧师管理教会，并监督执行教会的管理事务。但以台湾人侯教授为首的长老会却胆小怕事、懦弱无能，面对香港人朱牧师的强势总是妥协让步、息事宁人，成了任人摆布的傀儡，根本起不了任何监督作用。正如书中人物所说："像你们这样遮遮掩掩的，遇到坏人坏事，都不去斗争，教会还能有前途吗？……像朱牧师这种不称职的牧师，你们长老

---

① 李彦：《羊群》，上海人民出版社，2008，第2页。

会，早该把他罢免掉！国语长老只有你一个，可你总是畏首畏尾的，不敢站出来支持正义……"①诚如斯言，一个不称职的牧师如何带领引导信徒，一个畏首畏尾的长老会如何主持公道正义，一个腐败堕落的教会又如何教化人心，弘扬和践行真善美？

反讽幽默的叙事特征

作为北美华人双语作家，李彦在80年代已用英文创作小说，如《红浮萍》就是她在刚去加拿大时用英文创作的，并于1995年在多伦多发表，获加拿大全国小说新书提名奖。与此同时，作为北美大陆作家，李彦对弘扬中华传统文化有着自觉意识，这使她能够"顶住来自海外的多方阻力，创办孔子学院"，并任滑铁卢大学孔子学院院长兼东亚系中文教研室主任。在内外双重因素的作用下，李彦在处理基督教这一西方主流文化的叙事方面也展现出独特景观：既能摆脱先入为主的文化基因的桎梏进行考察审视，也能借助自身的西方经验和优势展开深入思考，小说的基督教叙事总体呈现反讽幽默的叙事特征。

长期以来，牧师给人的印象大多为庄重持稳的德高望重者，但在李彦的小说中，牧师的形象却与之相去甚远，如《羊群》中的香港人朱牧师出场时，叙述者指出"他身板壮，底

---

① 李彦：《羊群》，上海人民出版社，2008，第41页。

气足，声似洪钟，天生是块当牧师的好料子"①。但说起话来"除了常挂在嘴边的几句祈祷词外，别的却像两岁孩子学话"②。因为他"不过是个三十挂零的年轻人，从神学院毕业后来枫城就职，仅两年有余。因怕人欺他资历浅，平日里总板着面孔，不苟言笑，遇事有意专断，做出老成模样"。

和朱牧师的道貌岸然、装腔作势不同，从台湾来的侯教授又是另一个极端，"生得小头小脸，矮个子，窄胸脯，像未发育成熟的少年，无论怎样铿锵有力的词句，在他口腔中走上一遭，就变成烂面条了"③。不仅如此，此人还胆小怕事，"畏首畏尾，不敢站出来支持正义"……④可见，朱牧师和侯教授两人在教会中身居要职，但叙述者并没有因此而表现出"谦卑""恭让"，相反评价起来比小说其他人物更加"毫不客气"，其对神性的消解和对人性和现实的直视，可见一斑。

在叙写教会活动时，叙述者更是充满了戏谑的口吻，仿佛江湖上招摇撞骗的非法勾当。比如隔三岔五的捐献活动，诸如在非洲置一块地新建一座教堂等"八竿子打不着"的活动，或者建立传播福音电台，声称"捐一千不嫌少，给一万也不嫌多"！让人感觉"油嘴滑舌的，活像跑江湖卖药膏的"⑤。在此，叙述者频频用"声称""转天又来"等带有主观感情色彩的词语，营造一种似是而非的语境，仿佛连叙述者自身也无法

① 李彦：《羊群》，上海人民出版社，2008，第2页。
② 李彦：《羊群》，上海人民出版社，2008，第2页。
③ 李彦：《羊群》，上海人民出版社，2008，第12页。
④ 李彦：《羊群》，上海人民出版社，2008，第41页。
⑤ 李彦：《羊群》，上海人民出版社，2008，第37页。

判断这些募捐活动的真实性和可靠性。小说人物对此的不同反映形成鲜明对比：精干务实的牛红梅不以为然、颇有反感，老实忠厚的杨玉清则缺乏判断、慷慨解囊。在这种缺乏信任、各为其主的叙述中，可见教会活动管理的随意和混乱。

《羊群》中俊俏女人的祷告场面更成了一场哗众取宠的表演：此人前不久从新加坡来加拿大，且一到教会就建议大家采用古希伯来方言祷告，原因是她原来所在教会的信徒都是这样祷告，很是灵验。见众人不明就里，她当场示范，"将两眼紧闭，双手合十，静默片刻后，浑身就开始发抖，微张的口翕动着，吐出一连串无人能解的似鸟语般的声音"。原本庄重宁静的祷告变成封建迷信般荒诞离奇，讽刺的是，围观者中如牛红梅等竟信以为真，以为用古希伯来方言祷告可以在神那里"省却了一个语言翻译的过程，沟通的效果应该更好"①。

还有牛红梅夫妇的布道演讲也颇为滑稽。其间，牛红梅充分展示了其演说天赋，"许多生活中俯拾皆是的例子，经她道来全成了神迹。诸如盼望天晴雨即停；上厕所无纸纸便来；杨玉清这个博士后未信主时考驾照，五次才过关，而她牛红梅连英语都听不懂，信主后潜心祷告，一次便OK"等，仿佛电视广告充满了推销的意味，且夫妻俩"一唱一和，配合生动"，"女的感性，易打动腹无诗书的听众；男的理性，更适合知识阶层的口味"，讽刺的是，这样的搭配效果竟然出人意料地好：台下观众"对他们精彩的发言报以热烈掌声。礼堂中气氛达到鼎沸状态"。在这里，叙述者表面不动声色，其嘲讽之意

---

① 李彦：《羊群》，上海人民出版社，2008，第26页。

已溢于言表。看似对演说者的反讽实际指向台下的听众，让人不由得思考，这些信教者有多少是出于精神的信奉，还是仅仅为了寻求现实的庇护、填补内心的空虚？

教徒的私生活也充满了戏谑幽默。如《嫁得西风》中的台湾移民米太太，可谓作家笔下浓墨重彩的一类人物。米太太人到中年，丈夫在台湾留守打拼，自己和女儿四人来到加拿大，一家的生活起居全靠丈夫一人的汇款支持，平日里百无聊赖，"吃"和"祈祷"便构成了其生活的全部，她甚至将"会吃""爱吃"美其名曰长葆青春美貌的秘诀到处宣传，在这一理论的主导下，寄居屋檐下的叶萍不仅要忙碌制作各种美食，还要承受餐厅老板的压力打包食物满足米太太的私欲。此外，米太太还有一项爱好，那就是祈祷，"她的举动落到叶萍眼中，却变得不可思议和荒唐可笑"，比如单是早餐的祷告就耗费了半天时间，且都是请求上帝把孩子考试的所有难题拿掉、把小女儿的一点感冒去掉、帮叶萍克服喝牛奶不消化的问题等的幼稚可笑内容。叙述者借叶萍的口吻质疑：

像这样等她一个一个地求啊谢啊，什么时候才能开始吃饭？眼看着桌上摆的豆浆都要凉透了！这米太太也真是的，什么芝麻大小的事，也都要拿去求那个主！哪里就有那么个主嘛，装模作样得倒像真有那么回事儿似的！国际歌里怎么唱的？从来就没有什么救世主，也不靠神仙皇帝。哼，退一万步讲，就算真有这么个主吧，要是家家户户都像她那么个求法，这个也要拿去，那个也要管起，事无巨细，都去烦人家，那个主，哪里还忙得过来嘛！①

有意思的是，虽然叶萍嘴上没说，她的心理活动却逃不过米太太的眼睛。于是，米太太又在没完没了的祷告词中加进新的内容："主啊！叶萍被魔鬼蒙住了心灵，不相信我主的万能，请给她光明！主啊，叶萍一家都生活在水深火热的地狱里，我看着心疼啊，请把他们拯救出来，指引他们上天堂……"② 而且"不管叶萍多么顽愚不化，米太太却坚信，只要心诚意坚，没有翻不过去的火焰山。一日三餐，每顿饭她都要依样画葫芦地祷告上这么一遍"③。与其说米太太在基督国度里找到了精神的慰藉，不如说她找到了打发空闲寂寞的办法，而叶萍这类完全不入流的基督徒在享受宗教带来的好处的同时也不可避免地感到厌烦和折磨，二人聚在一起仿佛一对宿命冤家，虽然都不满对方的言行举止，都自诩聪明地认为对方愚昧无知，但碍于主内姐妹的情面又不好发作，产生了诙谐滑稽的艺术效果。

"内倾化"的叙述视角

李彦是北京人，对祖国有着天然的感情，虽然到北美二十多年，依然心系故土，"似乎比国内的人们还更盼望祖国能尽

---

① 李彦：《羊群》，上海人民出版社，2008，第125页。
② 李彦：《羊群》，上海人民出版社，2008，第125页。
③ 李彦：《羊群》，上海人民出版社，2008，第126页。

快强盛起来"(《红浮萍》后记)。她曾表示,"我恰好出生在一个多事的时代,曾经随着命运的波涛上下起伏,在城市、农村、部队、工厂都生活过,有机会接触到中国社会各个阶层的人们,使我能身临其境地观察和体验生活。这些都为我后来的写作提供了丰富多彩的素材"①。对祖国大陆的深厚感情和丰富的大陆生活经验让李彦带有强烈的大陆身份自觉,创作上也往往采用"内倾化"的叙事视角。

纵观李彦的小说不难发现,无论《红浮萍》《嫁得西风》《羊群》,还是《雪百合》,其大多以大陆新移民为叙事视角,通过大陆新移民的所见、所闻、所感等展开叙事,如《红浮萍》的叙述者"平"、《嫁得西风》的夏扬、《羊群》的牛红梅以及《雪百合》的百合等。一方面,在大陆新移民视角的观照下,来自台湾、香港等地的"同胞移民"纷纷闪亮登场,人物在错综复杂的"关系网"中展开对话,展现了带有鲜明文化地域色彩的人物群像;另一方面,随着叙述视角的内移,大陆新移民的精神困境得到深度挖掘,成为作家通过异族文化表达自身文化价值追求的重要窗口。

层级分明的华人移民群体。20世纪50年代港台地区掀起留学风潮,众多港台留学生赴北美留学,这些早期留学的华人群体,他们在经济、语言、文化、教育等方面具有先天的优势。70年代起随着中国大陆改革开放,经济实力不断增强,赴北美留学的中国青年日益增多。"据统计,20世纪最后20年间,大陆公派和自费赴北美留学的多达20万人,且留学后大部分转

---

① 李彦:《羊群》,上海人民出版社,2008,第346页。

为移民身份，构成我们俗称的‘新移民’的主体。"①作为华人移民潮的后来者，大陆新移民无论经济水平还是社会地位较于台港移民自然稍逊风骚。在李彦的小说中，华人基督圈就是一个社会大熔炉，也是一面华人群体的多棱镜，来自大陆、台湾、香港的移民在"主"的感召下聚在一起，表面为平等的主内兄弟姐妹，实际内部等级分明。

处于最优阶层的香港移民。他们的经济条件和社会地位均较优越，占据的资源也最多，在教会中往往担任重要职务，但普遍精明势利，为人欺软怕硬、虚伪狭隘。如《羊群》中的香港人朱牧师，位高权重，不过三十挂零即掌控着整个枫城华人教堂，可谓年轻有为。在对待教徒方面，对于经济条件较好、为教会奉献较多的台湾移民则较为亲近依赖，对于经济条件较差、为教会奉献较少却又爱明辨是非的牛红梅、马立新等大陆新移民，则表现出锱铢必较的鄙夷和厌恶。《雪百合》中的王牧师即对米太太坦言自己对大陆移民的歧视和偏见：

She had heard from Mrs. Rice that Minister Wong, proud and hot-tempered, had expressed a bias against people from Mainland China. People who grew up in a communist world, he once complained to Mrs. Rice, seemed to enjoy debating issues and question why. Besides, they were generally not as wealthy as those from Taiwan and Hong Kong and couldn't be relied upon as a major income

---

① 饶芃子：《杨匡汉》，暨南大学出版社，2009，第7页。

source for the church.[1]

她（百合）曾听米太太提起王牧师，一个性情骄傲而暴躁的人，曾表达了对（共产主义世界中的）中国大陆人的偏见。在共产主义世界里成长的人，他曾对米太太抱怨道，仿佛热衷于辩论和质疑。此外，总体而言他们不如台湾移民和香港移民富裕，不能成为教会的主要收入来源。[2]

其次为台湾移民。因为社会地位优越、经济基础雄厚，他们大多养尊处优，平日里讲究养生之道、追求生活质量，在教会中的地位仅次于香港移民。如《嫁得西风》的元慧及米太太均属于赋闲在家的阔太太，平日里百无聊赖；《羊群》中的长老侯教授可谓德高望重，父母当年都是"留洋归国的知识分子"，其母亲"在台湾长期担任政府要职，地位显赫"。在对待大陆新移民的态度上，相比香港移民的冷漠鄙视，台湾移民普遍表现出热心、友好的态度，如米太太听说叶萍无家可归时不由分说便主动让其住进自己的豪宅；侯教授得知毛小鹰母子无家可归，便为其四处奔波，帮助寻找住所并介绍了生物室实验员的工作，解决其燃眉之急……但在捍卫正义和公正面前，台湾移民则畏首畏尾，如《羊群》中的长老侯教授及《嫁得西风》的米太太，均为热心基督徒，在帮助大陆新移民上可谓费心费力，但面对牧师等强权霸势则忍气吞声、敢怒不敢言，与大陆新移民敢于坚持真理、不畏强权的率性耿直形成

---

① 李彦：《雪百合》，妇女出版社，2009，第93页。
② 李彦：《雪百合》，杨璐临译，妇女出版社，2009，第93页。

湾区的瞻望

鲜明对比。

再次为大陆新移民。较前两者，大陆新移民在经济条件、社会地位、语言文化等方面均处于弱势。如《羊群》中的马立新、毛小鹰及《嫁得西风》的叶萍，均属于社会最底层的"三无"人员（无住所、无职业、无技术），在教会中往往成为被救助和帮扶的对象。即使是拥有一定社会地位和经济基础的新移民，生活的重担也常常压得他们喘不过气来。如《羊群》中的牛红梅和丈夫奋斗了大半辈子终于在枫城买下了一所房子，丈夫老杨还是博士后，"但工作难找，如今隐瞒了学历，好不容易在一家小公司里寻到一个技术员的位置，薪金不高，位置不稳，整天要看老板脸色"[1]。牛红梅还要靠在台湾郎太太家的超市帮工添补家用，冬天暖气也不舍得开，一家老小省吃俭用……在教会中，二人无论口才、学识、胆识都比香港朱牧师和台湾侯长老要强，资历年龄也在他们之上，但因为职级关系，还是要屈身听命于对方，并为精明的米太太所算计利用。俗话说，宗教的产生是现实苦难的结果。对于大陆新移民而言，教会也是现实的反映，无论在华人圈还是教会中，他们都处于最底层。

"转变艰难"的信教之路。中国大陆改革开放后，因在国内受无神论影响，特别是"文革"期间旧文化价值体系被打破，新的价值体系尚未完全建立，加之国门大开各种新思潮新思想涌入使部分国人出现理想信仰的真空。"年轻的一代，没有信仰；老一代呢，过去的信仰和追求也都统统被打破

---

① 李彦：《羊群》，上海人民出版社，2008，第3页。

了。"① 这些旅居海外的"大陆基督徒"无法回避信仰转变的困扰。如旅美评论家陈瑞林所说，表现了中国人在海外"神殿下的迷惘"②。

其中，年轻一代的新移民因受时下流行的拜金主义、享乐主义、实用主义影响，他们往往忙于眼前的生计而无暇顾及精神层面的问题，因此虽然表面加入了基督教，但也只是将基督教视为改善生活的跳板，如《嫁得西风》的叶萍及白雅芬等，表面上积极参加布道、祷告等各种宗教活动，内心却并不以基督徒自居；老一辈新移民大多有子女的照顾，生活上基本衣食无忧，精神上也已过人生的迷惘期，他们对于解决生活上的难题没有那么迫切，参与基督教也就成为丰富晚年生活的方式，如《嫁得西风》中县干部模样的老头儿，将基督教视为"学雷锋"的好事，直言信教就是求"心里快活"。这两种新移民在形式上虽加入了基督教，但在精神上并没有什么转变，难以算作真正的基督徒。

介于年轻一代和老一辈之间的60年代出生的大陆新移民，多为"文革"后期成长起来的有识之士，他们尚未被全球化的经济浪潮所席卷、淹没，潜意识里依然有中国传统知识分子的理想追求。来到异国他乡后，没有了知识分子的待遇和光环，取而代之的是被边缘化的事实以及为生活奋斗的坎坷艰辛，理想和现实的巨大反差，原有的学识文化背景，以及对故园亲人的思念使他们常常陷入精神的苦闷中，在接受异族文化时往往

---

① 李彦：《羊群》，上海人民出版社，2008，第133页。
② 李彦：《羊群》，上海人民出版社，2008，第338页。

表现出转变的艰难。

如《羊群》中的杨玉清、马立新及《白喜》中的裴博士等人，均为学科学出身的专业人士，在信教路上经历了比一般人更漫长的过程。马立新原为北京大学研究生，枫城大学在读博士生，为人单纯认真，历经磨难后也渴望在基督教中寻找心灵的依托："说心里话，看到基督徒都那么快乐，无忧无虑的，我也很羡慕，因为在国外生活，心里总是充满烦恼不安，真的希望能信个什么，也找到那种平静。"①但他面对基督教的起源及本质等相关问题，却迟迟转不过弯，因为"我从小就是个认真的人，必须把一切问题彻底搞明白才行"②，于是他常常提出一些刁钻古怪的问题，让杨玉清夫妇在公众场合"下不了台"，并因此屡屡触怒本就心胸狭窄的朱牧师，让原本就不太顺畅的信教之路倍添波折。

《雪百合》中的独角兽及妻子，属于共产主义的坚决拥护者。来到加国后，他们试图在西方文化和中国文化的对比中实现不同文化的转变认同：

They all hold up an idealized world，and people need to work hard to injustice between the rich and the poor，the oppression of women，and inequality of all kinds，were also stressed by Jesus Christ. ③

他们都倡导建立一个理想世界，因此人们需要努力奋斗去

① 李彦：《羊群》，上海人民出版社，2008，第24页。
② 李彦：《羊群》，上海人民出版社，2008，第24页。
③ 李彦：《雪百合》，妇女出版社，2009，第149页。

实现它。贫富差距、妇女压迫和各种不平等，在耶稣基督里一样是被抵制的。①

The only difference is that we were required to confess our sins to Mao during those years, while in Canada the message receiver is God.②

唯一不同的是，那些年我们被要求向毛主席坦白我们的罪过，但在加拿大则被要求向上帝坦白。③

Communist ideology and Christianity are different. The former requires all of us to sacrifice our own interests unconditionally, for the benefit of all mankind. It is the highest request of the human soul. On the other hand, to adopt the Christian faith is easier.④

共产主义和基督教是有区别的。前者要求我们所有人为了全人类的利益无条件地牺牲自我的一切。这是对人性的最高要求。相对而言，接受基督教信仰就显得更为容易了。⑤

除了思想文化的对比，还有现实的观察思考，如当被问及为何不加入教会时，独角兽表示：

---

① 李彦：《雪百合》，杨璐临译，妇女出版社，2009，第149页。
② 李彦：《雪百合》，妇女出版社，2009，第149页。
③ 李彦：《雪百合》，杨璐临译，妇女出版社，2009，第149页。
④ 李彦：《雪百合》，妇女出版社，2009，第150—151页。
⑤ 李彦：《雪百合》，杨璐临译，妇女出版社，2009，第150—151页。

"Well, I am looking for one where the majority of the converts behave in the way that is described in the Bible, " Unicorn looked serious.[1]

"好吧，我还在寻找那类教会，这类教会中大多数教徒的行为能够与《圣经》上所描述的相符"，独角兽看上去神色庄重。[2]

还有《嫁得西风》中的夏扬和《雪百合》中的百合，属于在理想信仰中苦苦寻觅的探索者，他们对西方基督教文化较为熟稔，也渴望通过某种信仰实现精神的寄托和慰藉，但囿于教会现实未能完成思想上的转变。如只身带着年幼的儿子漂泊在加国的夏扬，历经情感波折，渴望精神与心灵上的寄托。在米太太的带领下，夏扬游走于教会的各种活动，接触了许多教会读物，结识了不少大陆基督徒。但无论是西方牧师的"上蹿下跳"、东方牧师的"讲道理，摆事实"，还是主内同胞的现身说法，都没能使其完成从"无神论"向"有神论"的转变。

可见，大陆新移民大都经历了曲折乃至漫长的信教历程，这与他们各自的成长背景和生活经历有关，中西文化差异是其中的主要原因。因此，即便是经过奋斗后能够自立自足的新移民，也无可避免地面对精神的虚无和困扰，显然，这样的虚无和困扰不能简单等同于早期留学生文学所展现的充满放逐和流浪意味的离散心理，而更多地指向人的普遍精神困境。无论如何，教会难以成为大陆新移民解开精神困境的出路。

---

① 李彦：《雪百合》，妇女出版社，2009，第92页。
② 李彦：《雪百合》，杨璐临译，妇女出版社，2009，第92页。

"无形"教会与信仰追求。 关于基督教的"教会观"，西方不同时期、不同教派的观念不尽相同。奥古斯丁肯定教会的"拣选性"，他认为"拥有神的灵"和"真正的爱心"是最重要的实质，而并非仅仅参加外部的教会圣礼；中古时期教会观从教会的世俗化角度出发，反对将神的教会当成神的国等"外部化"教会的观念；宗教改革时期的教会观更进一步，其中路德派教会观提出了"有形教会"与"无形教会"之说：

> 他（路德）认为教会是相信基督的人的属灵交通，这种交通是为教会元首基督所设立并支持的。他注重教会的唯一性，但分为有形的与无形的两方面。这种区分是从路德开始的，但他特别指出，这并不是两个教会，乃是一个教会的两个方面。他坚持教会的无形性，否认教会在本质上是由一个可见的首领所领导的外部社团，他坚称教会的本质乃在无形的范围内：即借信心与基督有交通，并借圣灵得着救恩的祝福。①

可见，无论奥古斯丁的教会观、中古时期的教会观还是宗教改革时期的教会观，都强调无形教会的重要性，都认为信主的信心、与神的内在交流比圣礼、教会等外部形式更为重要。宗教改革时期的教会观更是以"无形教会"和"有形教会"之名将二者区别开来，推崇并肯定"借信心与基督交通、借圣灵得着救恩祝福"的教会的"无形性"，否认社团、圣礼等教会的"有形性"。

---

① 伯克富：《基督教教义史》，赵中辉译，宗教文化出版社，2000，第173页。

湾区的瞻望

近年来，随着大量移民涌入，加拿大的宗教人口组成正在发生变化。1971年之前抵加的移民，逾78%自称基督徒，据最新调查揭示，过去5年中抵加的移民已使该比率降至47.5%。除此之外，加拿大自称无宗教信仰的人士，2011年约有780万人，占人口将近四分之一[①]。可见，尽管加拿大是基督教国家，基督徒仍是加拿大移民主流，但基督徒的比例已在逐渐下降，那么，加拿大本地人是否已经不再信奉基督教？基督教文化是否还能代表加拿大的主流文化？置身多元文化语境的大陆新移民又将何去何从？对此，李彦也给予了关注和思考。

小说《雪百合》中的女教授海伦和艺术家夫妇均是女主角百合在加拿大认识的正直善良的爱心人士。其中海伦待人热心、真诚，在私欲和道德的抉择面前，依然能坚守坦诚、诚信的原则，让百合将花瓶的实际价格告知古董店老板，并最终将准备购置花瓶的钱用于收养中国的弃养女婴。艺术家夫妇已是三个中国弃养儿童的养父母，他们不仅没有介意孩子的先天残疾，而且视如己出，从人性的高度去呵护孩子的心灵、照料他们的身体，令百合深为感动和钦佩……值得注意的是，海伦和艺术家夫妇都极少参与教会活动，从外表上看似乎与基督教关系不大，但其精神思想及行为表现均与基督徒无本质差异，可谓"无形教会"的信徒。

When she got home that evening, she told Grace everything.

---

① 来自中国新闻网：https://www.chinanews.com.cn/gj/2013/05-10/4803969.shtml。

"Canadian people are very honest, aren't they? " Grace asked.

"Most of them. Or most of them try to be, I think." Lily nodded.

"Is this because they are mostly Christians? " Grace seemed interested in digging into the issue.

"It's hard to say, " Lily replied, "Statistics say only twenty percent of Canadians go to church. Helen is not a regular churchgoer, but there is not doubt that she has been brought up in the Christian faith." [1]

那天晚上当她回家后，她把事情的经过告诉了葛瑞丝。

"加拿大人都很诚实，不是么？"葛瑞丝问。

"大多数人是，或者说大多数人尽量这样去做，我觉得。"百合点头道。

"这是因为他们大多是基督徒的缘故么？"葛瑞丝饶有兴趣地追问道。

"这很难说，"百合回答道，"数据显示只有百分之二十的加拿大人会去教会。海伦并非教会的常客，但她无疑是在基督教的信仰下成长起来的。" [2]

The artist shook his head slowly and said, "My wife and I disagree with many church practices and do not

---

① 李彦：《雪百合》，妇女出版社，2009，第262页。
② 李彦：《雪百合》，杨璐临译，妇女出版社，2009，第262页。

participate in them."

Lily smiled. "Whether you acknowledge yourselves as Christians or not, when you were young this was a predominantly Christian culture, and those values naturally have permeated your lives." [1]

艺术家轻轻地摇了摇头说道："我妻子和我对许多教会的行为不敢苟同，所以我们并不参与其中。"

百合微笑道："无论你们是否承认自己是基督徒，在你们幼年时期，基督教文化便已然是一种占据主导地位的文化，其价值观自然也已渗透进你们的生活中。" [2]

正如百合所说的，他们虽然与教会没有直接的联系，也不承认自己是基督徒，但基督教文化早已渗透到他们的日常生活中，成为其价值观、世界观不可或缺的组成部分，这就是"无形教会"的力量和作用。

此外，小说还借女主角百合的精神追寻之旅，对大陆新移民的精神困境和中西文化交融的可能性展开探寻与思考。怀着对国际共产主义战士白求恩的崇敬和敬仰之情，百合来到加拿大，开启了精神探寻之旅。

Fundamentally, I came for the spirit of Norman Bethune. [3]

---

① 李彦：《雪百合》，妇女出版社，2009，第270页。
② 李彦：《雪百合》，杨璐临译，妇女出版社，2009，第270页。
③ 李彦：《雪百合》，妇女出版社，2009，第88页。

从根本上说，我就是为诺尔曼·白求恩的精神而来。①

It is the spirit of internationalism, the spirit of communism, from which every Chinese Communist must learn...②

这是一种国际主义精神，一种共产主义精神，是每一个中国共产党员必须学习的精神……③

然而，在对白求恩故居的踏访以及与当地人的交谈中，百合发现白求恩在故国的评价和之前所接受的大相径庭。

She had crossed oceans and mountains, over rivers and bridges, and then had vanished like a raindrop in the vast sky, all for the image of Dr. Norman Bethune, and ideal man who, as she gradually found out, was not even recognized as a hero in his homeland.④

她穿越海洋和山脉，越过河流与桥梁，最后却如雨滴在苍穹中消失，因为她渐渐发现，她心目中的理想英雄——白求恩医生，在他的家乡甚至都不被认为是英雄。⑤

---

① 李彦：《雪百合》，杨璐临译，妇女出版社，2009，第88页。
② 李彦：《雪百合》，妇女出版社，2009，第89页。
③ 李彦：《雪百合》，杨璐临译，妇女出版社，2009，第89页。
④ 李彦：《雪百合》，妇女出版社，2009，第177页。
⑤ 李彦：《雪百合》，杨璐临译，妇女出版社，2009，第177页。

The caretaker lady informed them that the memorial house had been set up for visitors in 1970s with funds from the Chinese government. More than ninety percent of the visitors were from China, and five percent were from Spain where Norman had also volunteered during the war. But to the local residents, the communist doctor meant very little, even less than his parents.[1]

管理员告诉他们，这个纪念馆由中国政府出资建于20世纪70年代，主要是为了接待各国游客。其中超过百分之九十的游客来自中国，还有百分之五的来自西班牙——一个在战争时期诺尔曼同样志愿支援过的地方。但是对于当地居民而言，这个共产党员医生却不太为人所知，甚至还不如他的父母。[2]

Lily's hot admiration of Norman Bethune was dampened in the man's homeland. Most people shook their heads, telling her they had never heard of him. Others irritated her as they described him as a "drunkard" or "swashbuckler". She would tell them that people in China often swore at the Americans, but never the Canadians, all because of this man.[3]

百合对诺尔曼·白求恩的钦佩之情在英雄的故乡变得消沉起来。大多数人摇摇头，告诉她从未听说过此人。还有些人甚至让她感到非常气愤，因为在他们看来他就是个"酒鬼"或者

---

① 李彦：《雪百合》，妇女出版社，2009，第202页。
② 李彦：《雪百合》，杨璐临译，妇女出版社，2009，第202页。
③ 李彦：《雪百合》，妇女出版社，2009，第202页。

"浪荡之徒"。那时她便会告诉他们，在中国，人们常常咒骂美国人，但从不咒骂加拿大人，都是因为（白求恩）这个人。[1]

原来所谓的英雄在现实中只是一个有缺点和不足的凡人，白求恩纪念馆也是由中国政府出资建成的，参观游客也主要为中国游客和少数西班牙游客——这两个白求恩曾经支援过的地方。百合的消沉既来自中加两国对英雄评价的天壤之别，更源于背后所反映的中西文化差异带来的精神困惑。"英雄"不见往日的光环，只有平凡、朴实的人性。而在这平凡、朴实的人性面前，是什么赋予他勇气、力量与爱心，去完成那"不同寻常的举动"？百合在追寻中发现，白求恩的母亲和父亲也是基督徒，他们博爱的品格、过人的能力和感人的事迹在当地享有崇高的声望。

Norman's mother had been a missionary. She was filled with a vast love for mankind and a firm determination to save the heathen and spread the word of Christ. Norman's father, the minister in Gravenhurst's Presbyterian church, won more than ordinary recognition for his powerful sermons.[2]

诺尔曼的母亲曾经是一位传教士，她怀着对人类的博爱和坚定的意志去解救异教徒，传播基督的教义。诺尔曼的父亲，

---

[1] 李彦：《雪百合》，杨璐临译，妇女出版社，2009，第202页。
[2] 李彦：《雪百合》，妇女出版社，2009，第202页。

作为格雷文赫斯特的长老会教堂的牧师，凭借他强有力的布道获得了非同寻常的认可。[1]

Lily had figured out, ironically, that Bethune's unusual deeds might simply be a real Christian's behavior.[2]

百合发现，具有讽刺意味的是，诺尔曼那不同寻常的举动也许不过是源于一个真正的基督徒的行为。[3]

To me, however, a man like Norman Bethune, with striking gifts, flaws, and a complicated personality, is a real man, and worth loving and remembering.[4]

对我来说，尽管如此，一个像白求恩这样拥有出众的天赋，也有缺点，以及丰富的个性的人，是一个真正的人，一个值得爱戴和怀念的人。[5]

如果说白求恩的父母是"有形教会"中的基督徒代表，那么白求恩则是在基督徒父母的影响和基督教文化的熏陶下成长起来的"无形教会"的基督徒，正是基督教"平等""博爱"的思想，使他在战火纷飞的年代冒死奔赴国际战场救死扶伤，为全人类的解放事业奉献自己的力量，并最终献出宝贵的生命。值得注意的是，关于基督教文化对白求恩的影响并不代表

---

①　李彦：《雪百合》，杨璐临译，妇女出版社，2009，第202页。
②　李彦：《雪百合》，妇女出版社，2009，第177页。
③　李彦：《雪百合》，杨璐临译，妇女出版社，2009，第177页。
④　李彦：《雪百合》，妇女出版社，2009，第260页。
⑤　李彦：《雪百合》，杨璐临译，妇女出版社，2009，第260页。

西方文化的优胜、东方文化的劣汰，相反，这恰恰体现了两种
文化的交融共生：无论东方文化还是西方文化，都信仰和追求
人性的真善美，而这种信仰和追求无疑是超越宗教、超越种
族、超越国界的，这也是人类得以绵延不息、取得现代文明硕
果的精神和价值基础，最后百合在中西文化的交流中走向精神
的自我和解。

结语

　　作为新移民文学代表作家之一的李彦，历经"时代风雨的
摧打，异国他乡的剥蚀"，始终将叩问和探寻永恒的"人性"
作为写作据点。与张翎等基督徒作家不同，自称"还不是"基
督徒的李彦在涉及基督教叙事时，始终保持着局外人的清醒和
自觉，并有意消解至高的"神性"，挖掘和展现真实的"人
性"，以此对现代人的精神生活展开探寻和书写。她曾表示，
"人活着，一定要有精神追求，只有物质需求而没有精神寄托
的人生，是很悲哀的"①。

　　李彦的小说以枫城华人教会展开叙事，围绕"人"与
"神"的关系，一方面通过"人"对"人"的有私的爱和
"人"对"神"的有私的爱，展现"人"与"神"的妥协关
系，揭示了人性的局限与脆弱；另一方面通过教会中牧师中的

---

① 赵明：《给后人留下真实的历史——记加拿大华裔双语女作家李彦》，《世界华
　文文学论坛》2011年第4期。

"伪君子"和"真小人"、权力机构化的教会组织展现"人"与"神"的冲突对峙，揭示了人性的堕落和败坏。因经济、地位、语言等方面的劣势，大陆新移民在华人圈往往处于被压制被歧视的状态，在华人教会圈这个社会大熔炉也不例外，特别是面对中西文化差异，他们普遍经历"转变艰难"的信教历程。相比在"有形教会"目睹的人性的脆弱与败坏，"无形教会"的基督徒让他们感受人性的光辉和美好，从而在中西文化交流中实现新的文化身份认同。这是小说人物的精神探寻和命运指向，也是李彦自己心路历程的反映。正如她所说，"我一直在追求一种很美好的精神上的东西，我发现这种很美好的精神上的东西在各种文化里都有，我们需要博采众长。如果一定要问我信仰什么，我想，我信仰国际主义精神和人道主义精神，像白求恩一样。我的作品，也是在我对东西方文化进行对比和思考之后，尽可能地去挖掘人性中共同的美好"[①]。小说既有女性敏锐细腻的观察，又不乏反讽幽默的笔调，犀利深刻的批判，以及充满洞见的思考，既对现代社会以西方文化占主导地位的主流文化提出了反思，也对人的普遍精神探寻提出思考，这种探寻和思考无疑代表着大陆新移民作为世界公民的觉醒与自觉，以及在多元文化的碰撞交流中对自我文化身份的新的审视与思考。在这一新的探索和领悟下，新移民文学作家如何在跨文化的国际视野中延续其精神探索之旅，有理由值得我们期待。

[①] 赵明：《给后人留下真实的历史——记加拿大华裔双语女作家李彦》，《世界华文文学论坛》2011年第4期。

士风和文风

"伪君子"与"真小人"

论及刘备与曹操，大抵认为前者是忠厚仁义明智之君的"化身"，后者乃老奸巨猾、狡诈奸险的大奸雄。当然，这很大程度上"归功于"《三国演义》"尊刘抑曹""尊刘反曹"的倾向，加上后来戏曲舞台上的脸谱化处理，连小孩子都知道刘备是"好人"，曹操是"坏人"。然而随着社会历史的发展，人们对刘备与曹操开始有了新的认识，以鲁迅"欲显刘备之长厚而似伪"为代表，认为刘备忠厚虚伪而失真；而曹操的"治世能臣""雄才大略"越来越受到大家的关注，其率真与豪爽更为其奸险狡诈增添了一分"真实"与"可爱"。纵观《三国演义》，作者为了塑造理想道德政治观念的典范，大胆地运用了夸张化和理想化的叙事色彩，在丰富了人物艺术色彩的同时也导致了人物性格的部分失真。

"三让徐州"与"青梅煮酒论英雄"

首先，刘备之"让"，是必要和应该的。第一，刘备属于"外来人口"，身处异地而驻居不久，没有稳固的政治根基和坚实的百姓基础，势单力薄，不排除有陶谦试探之意。第二，当时袁绍就在不远的寿春，陶谦不"州之"而"州我"必有缘故，倘若不先排除此因素则难以受命。

据此，刘备在《三国志·蜀书·先主传》中的表现是恰到好处的，而到了《三国演义》，刘备的谦让就显得有些"做作"了。一开始三番五次不肯接受，陶谦说他是"汉室宗亲"名正言顺时，他却硬要将其与"吞并之心"与"陷我于不义"联系在一起，甚至当陶谦"以手指心而死"，徐州全军举哀之后，他还是不肯接受。最后要徐州百姓拥到府前苦苦哀求，他才勉强答应。刘备恭谦至此，让人不得不怀疑他有"炒作"之嫌疑。连李贽在十一回回末也评注"刘玄德不受徐州，是大奸雄手段"。

很多时候，刘备就是采取老子式的"欲擒故纵""知盈处虚"的战术来达到目的。其欲成伟业往往先把自己陷于不仁不义的伪辩之中，然后通过他人之口非此即彼，既成就其千秋伟业又博得"仁义之君"的口碑，不得不让人佩服啊！

刘备让人觉得"假"的另一个原因在于他经常"心口不一"，往往酒后才吐真言：第一次是在荆州与刘表饮酒，刘表谈起曹操青梅煮酒论英雄，刘备乘酒兴说"备若有基本，天下碌碌之辈，诚不足虑也"。其豪言壮语与当时"备一身安能当此大任"的托词形成巨大反差。

另一次是在得了涪水关后的庆功宴上，刘备酒酣，对庞统说"今日之会，可为乐乎"。庞统说"伐人之国而以为乐，非仁者之兵也"。刘备说"吾闻武王伐纣，作乐象功，此亦非仁者之兵欤？汝言何不合道理？可速退"。这些话与刘备先前所说的"刘季玉系同宗，不忍相图"是相矛盾的。

与玄德公之"心口不一"形成对比，孟德"青梅煮酒论英雄"则更显示其心直口快、敢说敢言的豪迈气概。其间曹操关于时势之洞悉与英雄之定义的一番高谈阔论可谓鞭辟入里、入木三分，不仅表现了他斐然文采、敏捷文思，而且展现其高瞻远瞩的眼力与胸怀，至今传为千古佳话。刘备提出的"八俊"，在曹操看来都是"碌碌小人"，按照他的观点，"夫英雄者，胸怀大志，腹有良谋，有包藏宇宙之机，吞吐天地之志者也"。"唯使君与操耳"。如此狂妄洒脱恐怕也只有曹操才能做到。刘备的"大惊失箸"在曹公的气宇轩昂面前未免相形见绌了。

显然，两人对时势人杰的把握在伯仲之间，刘备选择"静观待变""藏而不露"，曹操则直言不讳，畅所欲言。按曹操的话说，他是"飞腾于宇宙之间"，刘备则是"潜伏于波涛之内"。

"皇室情结"与"至死不称帝"

刘备"唯刘独尊"的"皇室情结"是很明显的，通俗来说，就是他称帝的欲望与野心非常强烈，而且轻易不让外人夺取政权。

首先，《三国演义》中罗贯中将刘备安排成"帝室之胄"，即汉室宗亲。而在《沈浚伯说三国》里，作者专门对这件事做了"考证"，无论从名字还是辈分来说，刘备都不是汉室宗亲，我们姑且认为这是罗贯中的故意安排吧。但似乎罗贯中也没有考虑周全，因为当督邮翻脸质问刘备祖系时，刘备竟无证无据，单凭一面之词自然难以使人信服。

其次，刘备的"临终托孤"历来受到人们的质疑。刘备明知自己那个"扶不起的阿斗"根本不能完成匡复汉室的伟业，但他还是不舍得将自己半辈子用血泪打下来的江山拱手送人（当然孔明也无称帝之意），死前故技重演把江山姓氏保住了："君才十倍曹丕，必能安国，终定大事。若嗣子可辅，辅之；如其不才，君可自取。"玄德在此有三个含义：一是笼络孔明，虽知其无篡取之意仍言"君可自取"，让其死心塌地辅佐阿斗；二是"使太子闻此言，则其辅太子之心愈不得不切矣"——毛宗岗；三是迫使孔明当众起誓，从而自我约束。李贽在此批注："玄德真奸雄也！"对比起陶谦的拱城相让，刘备确实更高一筹！

相比之下，曹操建安十八年为魏公，建安二十年为魏王，建安二十二年设天子旌旗，地位是逐步接近皇帝，但终究没有篡位称帝，顶多是"挟天子以令诸侯"。曹操在孙权擒杀关羽、取得荆州后，表孙权为骠骑将军、荆州牧。孙权遣使入贡，向曹操称臣，并劝曹操代汉称帝。曹操将孙权来书遍示内外群臣，说："是儿欲踞吾着炉火上耶！"曹操手下群臣乘机向曹操劝进。曹操自己还不想废献帝自立，他说："若天命在吾，吾为周文王矣。"曹操死后，刘孙相继称帝。

可见，曹操的推辞与刘备的推托绝不是一回事。刘备是欲擒故纵，而曹操确无称帝之心。从这一点上说，曹操还是名副其实的"忠臣义士"。当然，曹操是个精明人物，他不称帝自然有不称帝的理由。第一，内部的反对和反叛大都发生在他被封为魏公、魏王之后，倘若曹操称帝，很容易将自己陷入政治

湾区的瞻望

的困境引发新的动乱。第二，当时曹操位高权重，实权大权已掌握在他手中，皇帝对他而言不过是名号上的东西。第三，从建安十五年起，曹操一再"自明本志"，说自己绝对没有代汉自立的意图，言辞恳切，说了差不多十年，现在如果突然改变主意，否定自己，对自己的声誉名节必然会造成不利影响。如此一来，刘备更注重名号名节，堂而皇之；而曹操重实际轻名利，更接近常人之情。

结语

《现代汉语词典》里"奸雄"指"用奸诈手段取得大权高位的人"；"奸贼"指"奸险的人"。按照上面的释义，刘备更接近"奸雄"，而曹操更接近"奸贼"。当然，曹操也是位高权重之人，算"奸雄"中的"奸贼"了。只不过不同时代人们对于"奸"的理解不同，传统认识上"奸"有贬义，因此，说刘备是"奸雄"，许多人就无法接受了。而现代人仿佛不怎么避讳"奸"这个字了，因为从另一方面说，它还代表着精明、聪慧，似有些褒扬的意味了。

说刘备"奸"，是因为他城府很深，内有乾坤；说曹操"险"，因为他心狠手辣，不择手段。刘备只"诈"不"险"，曹操既"诈"又"险"，这便是"伪君子"与"真小人"区别之所在。不过这也难怪刘备，因为从当时实力大小看：孙权最强，曹操次之，刘备最弱。因此，刘备不得不处处提防事事小心，处柔守虚，结果给人感觉过于谨慎而有些忸恓，缺少曹操的气度与魄力。概言之，刘备"似伪"，曹操则"奸雄"可爱。

诚然，离开既定的历史背景和社会现实去评价历史人物无异于"事后诸葛亮"，更遑论以今天的价值尺度去衡量指摘前人的功过得失。而《三国演义》作为"七分实事三分虚构"（清代章学诚语）的小说，其文学和思想价值仍有待我们发现和解读。从这一点上说，关于刘备和曹操的人物形象依然值得我们继续探索思考，其背后蕴含的文化及审美意蕴也有待我们进一步开掘。

试论韩愈的散文创作观

韩愈是唐代著名的散文家兼诗人，和柳宗元作为古文运动的倡导者，针对辞藻华丽而内容空洞的骈文创作，提出的散文创作观大大提升了散文的文学性和艺术独创性，使其时的散文创作别开生面，建立了新的散文美学典范。唐朝诗人杜牧将韩愈文与杜甫诗并列，合称"杜诗韩笔"，宋代文豪苏轼赞誉其"文起八代之衰"（《韩文公庙碑》）。

"文以载道"的文学思想

"凡吾所谓道德云者，合仁与义言之也，天下之公言也。"[1]韩愈所说的"道"，不同佛老之道，而是指尧、舜、禹、汤、文武、周公、孔孟之道，倡导三纲五常的君臣、父子、兄弟、夫妻之道，成为唐宋时期新儒学的先声。

韩愈极力排斥佛老的虚空说，欲扫除思想界空虚无根的意识形态，恢复中国固有的道统。如《原道》《原性》《原人》等，具有鲜明的明道倾向，其中《原道》堪称这类作品的代表作，"夫所谓先王之教者，何也？博爱之博仁，行而宜之之谓

---

[1]　韩愈：《原道》，《唐宋八大家散文》，三秦出版社，2007，第2页。

义，由是而之焉之谓道，足乎己而无待于外之谓德"。韩愈推崇《诗经》《尚书》《易经》《春秋》等合乎仁义道德的著述，讲究伦理次序、纲常道德，企图阐明先王的"儒道"以教导人民。他坚持儒家思想传统中知识分子"穷则独善其身，达则兼济天下"的信条，通过自我完善，达到辅佐君王、平定天下的目的。

在此基础上，他提出了"文以载道""文道合一""以道为主"的创作主张，认为道是目的和内容，文是手段和形式。主张文章必须有实质的内容，要言之有物，不能空发议论。所谓"道德之归也有日矣，况其外之文乎"[1]。

总的来说，禹、汤、文、武、周公的儒家学说在韩愈思想中占主导地位，表现在他忠君、清政、兼礼法、重传统的新儒学思想。他不仅时刻以仁义之道和"三纲""六纪"的伦理道德和礼仪规范严格要求自己，还积极成为它们的传道布道者，其政治品德使其成为一代师表，在文学和哲学上的成就及才华使其教育思想大放异彩，开启了宋明理学的先河。当然，其中也不乏封建礼教之陈旧迂腐之处，这是他的历史局限性所在。

内在修养上与外在形式上的有机结合

"气，水也；言，浮物也。水大而物之浮者大小毕浮。气

---

[1]　韩愈：《答李翊书》，《唐宋八大家散文》，三秦出版社，2007，第66页。

之与言犹是也，气盛则言之短长与声之高下者皆宜也。"①在韩愈看来，写文章是一个由内而外的过程，内在的气是关键，外在的文不过是形式罢了，因此，他十分重视作家的道德修养。他认为，内在修养提升了，文思勃发就是自然而然的事了。言辞不过是文章的载体，只要"气盛"，那么言辞的长短与声音的高低就会恰到好处。

"古之欲明明德于天下者，先治其国；欲治其国者，先齐其家；欲齐其家者，先修其身；欲修其身者，先正其心；欲正其心者，先诚其意。"②"不务修其诚于内，而务其盛饰于外，匹夫之不可。""夫所谓文者，必有诸其中，故君子慎其实。""万物皆备于我，反身而诚。"作者吸取了孟子学说的精神，非常强调人的内在修养，认为文章的好与坏，就决定于这种精神性的"气"充实与否。如果人格高尚、志趣充实，文章也会充实，"充实之谓美，充实而有光辉之谓大"（同上），"根之茂者其实遂，膏之沃者其光晔，仁义之人，其言蔼如也"。

当然，这并不是说韩愈只注重内在之气，在文辞上可以不拘小节。相反，他非常注重言辞的提炼与整合，在既缺乏真情实感又了无新意的骈文语言基础上做了大胆的革新与改造，反对陈词滥调，既强调"师其意不师其辞""词必己出"和"惟陈言之务去"，又提倡"文从字顺各识职"和"体备""词足"。同时，他兼收前人的语言和时下词语，注重口语的提

---

① 韩愈：《答李翊书》，《唐宋八大家散文》，三秦出版社，2007，第67页。
② 韩愈：《原道》，《唐宋八大家散文》，三秦出版社，2007，第3页。

炼，创造出许多新词，其中有不少成为成语流传至今，如蝇营狗苟、落井下石、兼收并蓄、弱肉强食、痛定思痛等。

情感上"不平则鸣"

韩愈的散文创作大大强化了作品的抒情特征和艺术魅力，把古文提高到了真正的文学境地。读韩愈的散文，会感到一股股迎面扑来的情感浪潮，以及令人神摇魄动的生命感染力。

韩愈的"不平则鸣"实际是其"养气论"的延伸和发展。《送孟东野序》："人之于言也亦然，有不得已者而后言，其歌也有思，其哭也有怀。凡出乎口而为声音，其皆有弗平者乎！"作者由物的不平则鸣写到人的不平则鸣，认为作品是人内心一定外力作用下的产物，有了外物的触动，才有内心的波澜起伏，有内心的波澜起伏，才会发出文学的"不平之鸣"。

因此，韩愈的散文大多是为情而笔，有感而发。例如《祭十二郎文》寄予了作者对死者的哀悼之情，"全文有吞声呜咽之态，无夸饰艳丽之辞"，言辞恳切，感人肺腑；《祭河南张员外文》《祭柳子厚文》写朋友交谊和患难生活，既有对朋友的深切怀念，又饱含着对时下腐朽黑暗官场的针砭；还有一大部分是反映现实，揭露矛盾的不平之作，具有强烈的感情倾向，《原道》《讳辩》《论佛骨表》都是抒发愤慨不平、彰显深刻社会批判的佳作；《进学解》《送穷文》重在发牢骚、泄怨气，嘲骂当时社会；最受瞩目的是那些嘲讽现实、议论犀利的精悍短文，如《杂说》《获麟解》等，形式活泼，不拘一格，有很高的文学价值；《蓝田县丞厅壁记》代崔斯立发不平之鸣，以期引起朝廷对这类事情的注意；序文如《送李愿归盘谷序》等表达其对现实社会的各种感慨……

韩愈受孔孟学说影响深厚，封建伦理纲常思想根深蒂固，一心希望通过"修身"履践"治国，平天下"的政治抱负，然而现实的仕途遭遇和社会黑暗又使他看清当时的社会弊端，满怀报国之志而不得施展，内心激愤苦楚无处发泄，只能通过文章来抒发。

结语

作为古文运动的领袖，韩愈一方面继承了前人以复兴儒学为核心宗旨的基本立场，另一方面在创作方法、辞采文风和情感主张方面有所建树，力求新奇，重气势，有独创之功，从实践上重新奠定了散文的文学地位。同时，他大力提倡与呼吁文体改革，团结了一批撰写散文的作家，使散文创作形成了一股较大的文学潮流。

韩愈提倡"阂中肆外"，"阂中"指文章内容应力求充实；"肆外"指文章的形式应有所创新，使作者能自由驰骋笔力。他的所有散文写作理论都是围绕这一目标的，不仅他的散文创作本身是很好的实践范例，还带动改进了时下的散文风气：其弟子李习之，得韩文公之淳厚，文章平易近人；皇甫湜得韩文公之奇崛，文章虽有险涩之气，但亦能自出新语，不流于时尚之华媚……

总之，韩柳倡导的古文运动，开辟了唐以来古文的发展道路，是对我国源远流长的散文传统的继承和创新，是利用复古的旗帜从事文学革新，以推动文学前进。他们共同扫清了绮靡晦涩的文风，使散文重新走上了平易畅达、反映现实生活的道路。

浅析魏晋风流的产生原因和现实意义

产生原因及其表现

魏晋风流产生的原因，首先与当时的政治因素密切相关。当时正值魏晋易代之际，统治阶级内部矛盾尖锐，朝代更迭频繁，战乱中的文学家们目睹生命的脆弱，感受祸福的无常，形成了文学的悲剧性基调，进而出现弥补这种悲剧性基调的放达。

"身外的功业荣名既受到怀疑，便转而肯定自身的人格"。战乱和分裂可以说是这时期的社会特征。文学家们大多怀才不遇，报国无门，或不满统治阶级黑暗腐朽，或被诬陷诽谤，或仕途不顺，便纵酒谈玄，不问世事以避祸。

竹林七贤之一的阮籍不满司马氏集团统治，同时又感到世事已不可为，于是表面上采取不涉是非、明哲保身的敷衍态度，或者闭门读书，或者登山临水，或者酣醉不醒，或者缄口不言。实则内心满怀壮志难酬的悲愤之情，因此其作品主题大多为"忧生之嗟"或"志在刺讥"。

其次，魏晋风流的形成与当时的文风密不可分。一方面，汉末建安时期，曹操一尚"清峻"，即文章要简约严明；二尚"通脱"，即随便之意。在汉末，出现了执着道义为鲜明特征的党人群体，凡党中人都自命清流。为防止这种执拗风气弥漫于宦官之间，进而影响治国平天下，曹操力主"通脱"，三次唯才是举令的发布便可见一斑。这样一来，不仅影响到文坛，产生出许多"想说甚么便说甚么"的文章；也形成百花齐放、百家争鸣的思想格局：儒学"独尊"的局面被打破，诸子学派在湮灭了数百年后重新活跃起来，各种思潮流派得以崭露头角。

另一方面，崇尚"自然"和"本真"的玄学之道开始占据鳌头，代表人物是何晏、王弼等人，主张"本末有无"和"自然名教"。他们以为，天即道，道法自然。名教本于自然。名教是"有"的表现，自然是"无"的本来状态，君主只要恪守自然无为，就可以上顺宇宙本根，下顺百姓自然之性，从而稳定政治秩序。同样，百姓若能笃守无为，不以物累形（不作乱反抗），就可全性保真，安稳过活。他们崇尚自然，宅心玄远，很容易使老庄的虚静变成士族的放达，使他们成为礼法的挑战者。阮籍《咏怀诗》讽刺伪善之士"放口从衷出，复说道义方"。"委曲周旋仪，姿态愁我肠。"对鸿儒的"揖让进退扭捏做作"的姿态给予无情的讽刺和嘲讽，表现出对洒脱高逸的无拘无束的生活风尚的向往。可见，玄学"破除执障"的核心思想为魏晋风流的形成奠定了基础。

魏晋风流的表现，主要有三点。第一，从生活风尚看，表现为放达任诞，不拘礼法。《世说新语·简傲》曰："晋文王功德盛大，座席严敬，拟于王者。唯阮籍在坐，箕踞啸歌，酣放自若。"这简傲正是阮籍的可爱之处。又"钟士季精有才理，先不识嵇康，钟要于时贤俊者之士，俱往寻康。康方大树下锻，向子期为佐鼓排。康扬槌不辍，傍若无人，移时不交以言。钟起去，康曰：'何所闻而来？何所见而去？'钟曰：

'闻所闻而来，见所见而去。'"阮嵇皆为魏晋风流代表人物，面对权势威仪，没有丝毫畏惧，向来我行我素，放浪形骸。贵公子钟会有才善辩，欲结交贤俊嵇康，但康瞧不起他的为人，便冷面相对，终于逼走钟会。另外，嵇康的《与山巨源绝交书》也表现出他赋性疏懒，不堪立法约束，提出七不堪，表示不愿做官的坚决意志。当然，其愤世嫉俗、桀骜不驯的性格也为他后来招致杀身之祸。

第二，超凡脱俗，不涉世事，崇尚山水，诗酒风流。陶渊明是中国文学史上第一个大量写饮酒诗的诗人。"古代文人爱酒的不少，但能识酒中之深味的，从饮酒中体悟人生真谛的，陶渊明是为数不多的及格人之一。"陶潜少怀有"猛志逸四海，骞翮思远翥"的大志，从"荆州刺史兼江州刺史桓玄目"到"镇军将军参军""建威将军江州刺史参军"到最后的"彭泽县令"，13年的官宦生活使他彻底觉悟到世俗与自己崇尚自然的本性是相违背的。从此他辞官过起"躬耕自资"的归隐生活。他性嗜酒，饮必醉。朋友来访，无论贵贱，只要家中有酒，必与同饮。他先醉，便对客人说："我醉欲眠卿可去。"归隐后虽然生活贫困，却固穷守节的志趣，老而益坚。"少无适俗韵，性本爱丘山。"表现作者隐居后的田园之乐和隐逸之欢。至今广为传诵的"采菊东篱下，悠然见南山"更是其高情远致的惊世之笔。有久别重逢、安享天伦的欢畅喜悦，也有闲庭信步、触目成趣的宁静安逸；也有饮酒寄傲、与世隔绝的孤高自许，总之，宁静淡泊的日常生活，温馨朴实的家乡亲情和清新素雅的自然景观令诗人流连忘返，沉醉不醒。其人也被后人称为"好酣酒，逾多不乱；至于忘怀得意，旁若无人"。

第三，服五石散，隐逸为高。"五石散"是一种毒药，是何晏带头吃的。据说，此药能使人转弱为虚，穷人是吃不起的。但其药性很毒，稍不注意可置人于死地。鲁迅的《魏晋风度及文章与药及酒之关系》写道："走了之后，全身发烧，发烧之后又发冷。普通发冷宜多穿衣，吃热的东西。但吃药后的发冷刚刚要相反：衣少，冷食，以冷水浇身。倘穿衣多而食热物，那就非死不可。因此五石散亦名寒食散。只有一样不必冷吃的，就是酒。"因此，服药者大多轻裘缓带，宽衣，且不鞋而屐。衣服也不能常洗。"因不洗，便多虱。"当时甚至有"扪虱而谈"的美谈！其实这都是吃药的缘故，外人以为是高逸洒脱的表现。因此时人也竞相模仿，以示阔气。也有假装吃药，模仿行为而不会做文章。

现实的意义

魏晋风流的出现，应该说是魏晋文人思想意识的觉醒，是文学自觉时代的产物。魏晋风流是文人的风流，是名人的风流，更是魏晋的风流。黑暗的政治现实，生不逢时的命运，自命清高的品性造就了这一班名流居士兴之所至的"自然"之态。对待人生的态度无非四种：一是提高生命的质量，及时建功立业；二是增加生命的长度，服食求仙；三是增加生命的密度，及时行乐；四是不以生死为念的顺应自然的态度。既然第一种由于客观现实的原因不易实现，士人们便在长度、密度方面做文章，追求自我人格的完美。

当然，也有一些人不了解魏晋风流的真谛，只学其表不参其里，盲目追求名人与时尚，遂令痛苦化为快乐，求死欲为求仙，即所谓的"超级风流"。这些庸俗之士只能是模仿魏晋风流的表面，不知真风流为何物，实为迂腐可笑之极！

但同时，我们也应该正确看待魏晋风流。其对人生的自觉追求，对个性化的向往，那种自我表现的要求，无拘无束的氛围在现实仍有借鉴意义。传统儒家思想对中国人的影响是根深蒂固的，儒学经过董仲舒到了宋明变成理学，理学后来到了明清，变成礼教。总的趋势是人文精神越来越淡薄，越来越削弱。人的自身价值越来越被忽视和压制，从而酝酿出中国人保守、恭敬、谦卑的"传统美德"。因而现在越来越多的人开始宣扬人性的解放，敢于表现自我、张扬个性成了当今时代的潮流。另一方面，魏晋风流的一些做法确实不值得我们效仿。比如服五石散，居丧无礼，睡倒街边，扪虱而谈，等等；不仅有辱斯文，而且对身体有百害而无一利。

总的来说，魏晋风流为文学营造了一个良好的成长氛围，不仅对魏晋两代文学，也对以后整个中国古代文学产生了深远的影响。但我们在"拿来"的同时，也要去其糟粕，取其精华，在新的时代、新的社会环境中，既借鉴传承，也与时俱进。

后　记

　　科技发展推动社会进步，文学社科构建人文本身。在人类文明的发展历程中，文学的营养及呵护功不可没。列宁评价托尔斯泰是"俄国革命的镜子"，是具有"最清醒的现实主义"的"天才艺术家"。高尔基认为不认识托尔斯泰者，不可能认识俄罗斯。1940年，毛泽东在《新民主主义论》中对鲁迅做出这样的评价："而鲁迅，就是这个文化新军的最伟大和最英勇的旗手。鲁迅是中国文化革命的主将，他不但是伟大的文学家，而且是伟大的思想家和伟大的革命家……鲁迅的方向，就是中华民族新文化的方向。"毛泽东甚至在鲁迅逝世一周年的纪念仪式上，把他称为与孔子并列的"中国的第一等圣人"。

　　关乎文学评论，一直以来存在不同的观点与评价。主流观点认为，文学评论是运用文学理论对文学作品和文学现象进行研究、探讨，揭示文学的发展规律和人文导向，以指导和促进文学创作的实践活动。另一种观点则认为，评论无非是拾人牙慧，有能力的都去搞创作。也有人说评论是为他人作嫁衣裳，没什么意思。还有人觉得，评论就该是自上而下，由师尊点评晚生，由专家评论作家。我认为或许还有一个角度值得探索：文学评论是人文传承的一部分，是促进人类理想之光向更广阔的历史时空传播的"振子"。正因为一批批怀抱人文精神和理想的骑士勇士，孜孜以求，大胆质问，迸发出思想的火种驱散

　　　　　　　　　　　　　　　　　　　湾区的瞻望

心灵的迷雾和阴霾，让先进的人文之光薪火相传，让满载电荷的人类火车得以行驶在安全且有意义的轨道上。

我们欣喜地看到，当前国内文学评论队伍日益壮大，且呈现越来越年轻化的趋势，他们中有不少人本身即是作家，如蔡东、王威廉、陈崇正、冯娜等青年作家、评论家。在与外界的互动和交流中，他们的写作和思考重新得到检视和省思，获得新的启示和创造源泉。这让我想起一句话，作家最担心的不是得不到赞誉，也不是受到批评，而是缺乏关注。这或许是评论或言批评的另一种意义和价值所在。正如心理学家提出的关于生命的持续性联结理论一样，文学评论正是在这种对话、交流和创造中实现人文的持续性连接，不只是形式上的外在连接，更是思想上的内在连接。

电影《寻梦环游记》是皮克斯动画工作室的第19部动画长片，它重新定义了死亡，认为死亡不是生命的终点，被遗忘才是。我们有理由相信，当文学评论与优秀作品琴瑟和鸣，不绝于世，人文之光就永不熄灭。从这个意义上来说，"瞭望"也成了具有生命和情感意识的动词，不仅是对当下作家作品的集思，还有对过往的回顾梳理，后者可能稍显稚嫩，却是青春的另一种影像和记忆，同时它也蕴含着对未来的想象和期许，故而呈现出开放、多元、探索的可能。

感谢"广东青年批评家丛书项目"，让我有机会回望与捡拾过去的成长和阅读时光，虽然我深知自己离所谓的"批评家"还有很长的距离，我将以此为动力，努力在世俗的喧嚣中保持一份克制和冷静，一份清醒和反思，一份谦逊和敬畏，争取在批评的场域里走得更深更远。感谢给予我帮助和鼓励的各位师长、领导、同仁、同事、亲友，特别感谢我的家人，总是在我最需要的时候给予温暖和依靠，让我能够心无旁骛地从事热爱的文学事业。感恩文学和一切美好的相遇，那些可贵的真情、良善和信任，让原本可能单调乏味的日子生发出活力和希望，变得幸运和值得。

与当今社会重大变革相对应，中国当代文学特别是新时代文学迎来了前所未有的发展机遇，呈现出日益丰富化与多样化的景观，诸如大湾区写作、新南方写作、非虚构写作、新城市文学、科幻文学、网络文学等不断翻腾出新的耀眼的浪花，而且后浪推前浪，势不可当。广东作为中国改革开放的排头兵、先行地、试验区，推动构建富有岭南特色的中国文学话语体系和叙事体系，无疑是一项长期的、艰巨的、极富挑战性的系统工程，对此，我们责无旁贷，信心满怀，也任重道远。

2022年10月于广州